TOVE DITLEVSEN

BÖSES GLÜCK

 aufbau taschenbuch

Tove Ditlevsen (1917–1976), geboren in Kopenhagen, galt lange Zeit als Schriftstellerin, die nicht in die literarischen Kreise ihrer Zeit passte. Sie stammte aus der Arbeiterklasse und schrieb offen über die Höhen und Tiefen ihres Lebens. Heute gilt sie als eine der großen literarischen Stimmen Dänemarks und Vorläuferin von Autorinnen wie Annie Ernaux und Rachel Cusk. Die »Kopenhagen-Trilogie« mit den drei Bänden »Kindheit«, »Jugend« und »Abhängigkeit« ist ihr zentrales Werk, in dem sie das Porträt einer Frau schafft, die entschieden darauf besteht, ihr Leben nach den eigenen Vorstellungen zu leben. Die »Kopenhagen-Trilogie« erscheint in über dreißig Sprachen und wird international als große literarische Wiederentdeckung gefeiert. Im Aufbau Taschenbuch ist ebenfalls »Gesichter« lieferbar sowie Tove Ditlevsens letzter Roman »Vilhelms Zimmer«.

Ursel Allenstein, 1978 geboren, studierte Skandinavistik und Germanistik in Frankfurt und Kopenhagen. Sie ist Übersetzerin aus dem Dänischen, Schwedischen und Norwegischen von u. a. Christina Hesselholdt, Sara Stridsberg und Johan Harstad. Für ihre Übersetzungen wurde sie vielfach ausgezeichnet, zuletzt mit dem Jane-Scatcherd-Preis der Ledig-Rowohlt-Stiftung.

»Ditlevsen schreibt Sätze, die eigentlich Gemälde sind.« FAS

»Von hypnotischer Qualität.« THE NEW YORK TIMES

»Es ist kein Zufall, dass Tove Ditlevsen gerade wieder entdeckt wird. Man hat ihre sezierende Prosa mit der von Annie Ernaux' verglichen. Der Vergleich ist berechtigt. Was sie verbindet, ist ihre Fähigkeit, einer widrigen Wirklichkeit standzuhalten. Im Leben, und wenn nicht im Leben, dann in der Literatur.« TAZ

»Ditlevsen kann mit wenigen Worten eine ganze Welt erstehen lassen.« THE TIMES

TOVE DITLEVSEN

BÖSES GLÜCK

STORYS

Aus dem Dänischen
von Ursel Allenstein

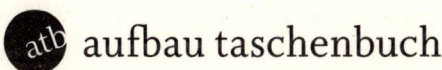 aufbau taschenbuch

Der Band versammelt ausgewählte Storys
aus den Erzählungsbänden *Paraplyen* und *Den onde lykke*,
erschienen 1952 und 1963 bei Gyldendal, Kopenhagen.

ISBN 978-3-7466-4145-4

Aufbau Taschenbuch ist eine Marke
der Aufbau Verlage GmbH & Co. KG

1. Auflage 2024
Vollständige Taschenbuchausgabe
© Aufbau Verlage GmbH & Co. KG, Berlin 2023
www.aufbau-verlage.de
10969 Berlin, Prinzenstraße 85
Die deutsche Erstausgabe erschien 2023 bei Aufbau,
einer Marke der Aufbau Verlage GmbH & Co. KG
© Tove Ditlevsen & Hasselbalch, Copenhagen, 1952 und 1963
Published by agreement with Gyldendal Group Agency
Der Verlag behält sich das Text- und Data-Mining nach § 44b UrhG vor,
was hiermit Dritten ohne Zustimmung des Verlages untersagt ist.
Umschlaggestaltung Anzinger und Rasp, München
unter Verwendung eines Motivs von © Katrien De Blauwer
Satz Greiner & Reichel, Köln
Druck und Binden CPI books GmbH, Leck, Germany

Printed in Germany

INHALT

DER REGENSCHIRM	7
DIE KATZE	26
MEINE FRAU TANZT NICHT	34
SEINE MUTTER	43
KÖNIGIN DER NACHT	57
EIN MORGEN IN EINEM WOHNGEBIET	65
EIN GUTER JUNGE	74
DAS EIGENSINNIGE LEBEN	84
ABEND	93
DEPRESSION	101
DAS MESSER	112
EIN GUTES GESCHÄFT	123
DIE KLEINEN SCHUHE	138
ZWEI FRAUEN	151
BÖSES GLÜCK	159

DER REGENSCHIRM

Helga hatte schon immer, und vollkommen widersinnig, mehr vom Leben verlangt, als es bieten konnte. Menschen wie sie wandeln zwischen uns und unterscheiden sich äußerlich kaum von denen, die instinktiv eine Bilanz ziehen und genau den Platz in der Welt finden, der ihnen gemäß Aussehen, Fähigkeiten und Herkunft zusteht. Hinsichtlich dieser drei Faktoren war Helga bloß durchschnittlich ausgestattet. Als sie auf den Heiratsmarkt entsandt wurde, war sie ein etwas zu kleines und farbloses junges Mädchen mit schmalen Lippen, Stupsnase und – als einzig vielversprechendem Vorteil – einem Paar großer, fragender Augen, die ein aufmerksamer Beobachter als »verträumt« beschrieben hätte. Nach ihren Träumen gefragt, wäre Helga jedoch in Verlegenheit geraten.

Spezielle Begabungen hatte sie nie gezeigt. In der Grundschule war sie gut zurechtgekommen und auch immer lange auf ihren Stellen als Hausmädchen geblieben. Sie hatte nichts gegen die Arbeit, die in ihrer Familie so selbstverständlich war wie das Atmen. Alles in allem war sie anpassungsfähig und bescheiden, ohne dabei allzu verschlossen zu sein. Sie hatte einige Freundinnen, mit denen sie abends in Tanzlokale ging. Dann trank jede von ihnen eine Limonade und hielt Ausschau nach einem Partner. Wenn sie lange genug gesessen hatten und nicht aufgefordert worden waren, hätten ihre Freundinnen mit jedem getanzt, und sei es ein Buckliger. Helga dagegen blickte sich nur zerstreut im Raum um, und die Männer, die sie als gut aussehend einstufte – sie waren immer dunkelhaarig und hatten braune Augen –, betrachtete sie so lange, offensichtlich und ernst, dass es ihnen nicht entgehen konnte. Forderte ein anderer als einer dieser wenigen Auserwählten sie auf (was im Übrigen nicht oft geschah), blickte sie schüchtern auf ihre Knie hinab, errötete schwach und entschuldigte sich unbeholfen: »Ich tanze nicht.« Einige Tische weiter verfolgte ein Paar brauner Augen diesen seltenen Anblick. Dies war ein Mädchen, das sich nicht dem Erstbesten an den Hals warf.

Und so bewegten viele kleine Schwärmereien die Oberfläche ihrer Seele, wie der Frühlingswind die jungen Blätter erzittern lässt, ohne den Lauf ihres Lebens zu ändern. Der Mann begleitete sie nach Hause und küsste kalte, verschlossene Lippen, die sich nicht zu irgendeiner Leidenschaft öffnen ließen. Helga war sehr konventionell. Heiraten musste sie nicht unbedingt, ehe sie sich hingab, aber sie hatte es sich in den Kopf gesetzt, vorher einen Ring am Finger zu tragen und den Auserwählten ihren Eltern vorzustellen. Diejenigen, die zu ungeduldig oder zu mäßig interessiert waren, um dieses Prozedere abzuwarten, verschwanden mehr oder weniger enttäuscht wieder. Mitunter streifte Helga ein leiser Schmerz; dann vergaß sie ihn in ihrem Lebensrhythmus aus Arbeit, Schlaf und neuen Abenden mit neuen Möglichkeiten.

Bis sie im Alter von 23 Jahren Egon traf. Er verliebte sich in ihre Besonderheit, ihre unbestimmbare Eigenart, die nur selten von anderen Menschen entdeckt und noch seltener als Vorzug eingestuft wurde.

Egon war Mechaniker und interessierte sich außerdem für Fußball, Wetten, Billard und Mädchen. Doch weil jeder Verliebte vom Flügelschlag höherer Sphären gestreift wird, fing dieser gewöhnliche Mann plötzlich an, Gedichte zu lesen und sich so gewählt auszudrücken, dass seine Kollegen in der Werkstatt erstaunt gewesen wären, hätten sie ihn gehört. Rückblickend betrachtete er diese Zeit wie eine schwere Krankheit, die nicht spurlos an seinem Leben vorübergegangen war. Doch solange es währte, war er stolz auf Helga und entzückt über ihre sorgsam gehütete Unschuld, und als sie endlich den Ring trugen und der Antrittsbesuch bei der Familie überstanden war, nahm er sein Eigentum auf dem Schlafsofa seines gemieteten Zimmers in Besitz. Es war, wie es sein sollte. Sie hatte ihn nicht getäuscht. Zufrieden schlief er ein, hinterließ Helga aber in einem verwirrten Gemütszustand. Sie weinte ein wenig, denn sie hatte, auch davon, etwas Wunderbares erwartet. Ziemlich vergebliche Tränen, denn jetzt war ihr Weg endgültig abgesteckt. Das Hochzeitsdatum stand fest, und die Aussteuer war gesammelt, und sie hatte ihre Stelle gekündigt, weil Egon nicht wollte, dass sie »für andere Leute schrubbte«, wenn sie erst einmal verheiratet waren. Ihre Freundinnen waren angemessen neidisch und ihre Eltern zufrieden. Egon war Facharbeiter und stand damit eine kleine Stufe über ihrem Vater, der ihr beigebracht hatte, man solle niemals nach unten streben, sich allerdings auch nie »etwas einbilden«.

Helga hatte an diesem Abend kein klares Gefühl, dass etwas Einschneidendes mit ihr passiert war. Trotzdem lag sie lange wach, ohne an etwas Bestimmtes zu denken. Erst im Halbschlaf schwebte ein eigenartiger Wunsch in ihr Bewusstsein: Hätte ich doch bloß einen Regenschirm, dachte sie. Plötzlich kam es ihr so vor, als wäre es genau dieser für manche Menschen so alltägliche Gebrauchsgegenstand, von dem sie schon ihr ganzes Leben träumte. Als Kind hatte sie vor Weihnachten immer Wunschzettel mit vernünftigen, erschwinglichen Dingen geschrieben: eine Puppe, ein Paar rote Fäustlinge, Rollschuhe. Doch sobald die Geschenke an Heiligabend unter dem Baum lagen, geriet sie in eine erwartungsvolle Ekstase. Sie starrte auf die Pakete, als enthielten sie den Sinn des Lebens, und ihre Hände zitterten beim Auspacken. Anschließend weinte sie über die Puppe, die Fäustlinge und die Rollschuhe, die sie sich gewünscht und auch bekommen hatte. »Du undankbares Wesen«, sagte ihre Mutter wütend, »du machst uns alles kaputt.« Das stimmte auch, denn am nächsten Heiligabend oder Geburtstag wiederholte sich die Szene. Sie wusste nie, was sie in diesen festlich verpackten Paketen eigentlich zu finden glaubte. Vielleicht hatte sie schon einmal einen Regenschirm auf den Wunschzettel geschrieben und ihn nicht bekommen. Es wäre allerdings auch albern gewesen, ihr etwas so Lächerliches und Überflüssiges zu schenken. Ihre Mutter hatte nie einen Schirm besessen. Wind und Wetter hatte man so zu nehmen, wie sie kamen, und sollte sich bloß nicht einbilden, Haut und Haar persönlich vor dem Regen schützen zu dürfen, der alles andere durchnässte.

In der folgenden Zeit, in der Helga sich in Gedanken ganz ihrem künftigen Dasein als Ehefrau widmete und gemeinsam mit ihrer Mutter alle Tätigkeiten ausführte, die zu den Pflichten einer Verlobten gehörten, kam es nichtsdestotrotz häufig vor, dass sie nachts wach an der Seite ihres Mannes oder allein in ihrem Dienstmädchenzimmer lag und ihrem sonderbaren Traum von einem Regenschirm nachhing.

Ein bestimmtes Bild formte sich in ihr und verlieh diesem geheimen Gedanken einen Hauch von etwas Verbotenem,

Leichtsinnigem, der selbst im wachen Zustand über ihren Gesichtszügen lag wie ein zarter, nicht greifbarer Schleier und ihren Verlobten mitunter zu dem Ausruf veranlasste: »Woran denkst du denn nur?«, verärgert und eifersüchtig, als würde er sie irgendeiner Untreue verdächtigen. Einmal antwortete sie: »Ich denke an einen Regenschirm«, und er erwiderte überzeugend ernst: »Du spinnst ja wohl!« Zu diesem Zeitpunkt hatte er längst aufgehört, Gedichte zu lesen, und er sprach auch nicht mehr von ihren »verträumten Augen«, was jedoch keinesfalls bedeutete, dass er enttäuscht war; vielmehr war sie ein für alle Mal ein Teil seines Lebens und seiner Gewohnheiten geworden. Sie sah unzählige Fußballspiele mit ihm, ohne je zu begreifen, was es mit dieser Unterhaltung auf sich hatte, die andere Menschen dazu bewegte, Hurra zu grölen und sich wie wild zu gebärden.

Das Bild, das sich aus ihrer Erinnerung formte, war folgendes: Sie saß, etwa zehn Jahre alt, auf dem Fensterbrett im Schlafzimmer der Familie und blickte in den Hof hinab, der spärlich vom Licht über der Treppe des Hinterhauses beleuchtet wurde. Sie war im Nachthemd und sollte eigentlich im Bett liegen, hatte es sich jedoch angewöhnt, für eine Weile hier zu sitzen, ehe sie schlafen ging, und in den Abend hinauszusehen, während ein sanfter Friede die Ereignisse des Tages aus ihren Gedanken verdrängte. Dann ging die Tür zur Straße auf, und über die feuchten Pflastersteine des Hofs, auf die in hitzigem Takt Regentropfen platschten, trippelte ein anmutiges, traumgleiches Wesen. Ein langes gelbes Kleid berührte fast den Boden, und hoch über einer Fülle von seidigen Locken schwebte ein Regenschirm. Nicht so wie der Schirm ihrer Großmutter, der rund war, wie eine Kuppel gewölbt und schwarz, mit einem soliden Griff, sondern ein flaches, helles, durchsichtiges Gebilde, das noch ein Teil der Person zu sein schien, die es trug; wie die glänzenden Flügel eines Schmetterlings. Es dauerte nur einen kurzen Moment, dann lag der Hof wieder so da wie vorher, aber Helgas seltsam erregtes Herz schlug schneller. Sie rannte ins Wohnzimmer, wo ihre Eltern saßen: Gerade ist eine Dame über den Hof gegangen, sagte sie leise und fügte mit verwunderter Ehrfurcht hinzu: Sie hatte so einen schönen Regenschirm!

Barfuß stand sie da und blinzelte ins Licht. Obwohl sie keinen Vergleich hatte, erschien ihr das vertraute Zimmer mit einem Mal klein und ärmlich. Ihre Mutter wirkte erstaunt: Eine Dame?, fragte sie, dann zog sie, wie immer, wenn etwas ihren Unmut erregte, die Mundwinkel nach unten: »Ach, dieses Flittchen von nebenan«, sagte sie in scharfem Ton, »das ist wirklich eine Schande.« Dann richtete sich der Vater in plötzlichem Zorn an das Kind: »Warum sitzt du auch da und glotzt aus dem verdammten Fenster, obwohl du längst ins Bett gehörst«, rief er, »zieh Leine und schlaf!«

Sie hatte etwas gesehen, was sie nicht sehen *durfte*. Etwas, das vorher nicht existiert hatte, war in ihre Welt getreten. Normalerweise ein braves Kind, schlich sie fortan abends immer zur Fensterbank und sah das gelbe Kleid über den Hof huschen, bei jedem Wetter, aber stets von einer bezaubernden und geheimnisvollen Aura umgeben und stets von diesem merkwürdigen Regenschirm getragen; sichtbar oder unsichtbar, je nachdem, ob es regnete oder nicht. Dieser Anblick hatte nichts mit dem verschlafenen Gesicht gemein, das in der Tür der Nachbarin auftauchte, wenn Helga klingelte, um ein wenig Margarine oder Mehl für die Mutter zu borgen, der immer das Wichtigste fehlte, wenn sie gerade eine Sauce kochen wollte. Selbst als das Geschöpf eines Tages auszog, änderte sich an Helgas Gewohnheit nicht viel. Noch lange danach blieb das Kind auf der Fensterbank sitzen, um auf das lange gelbe Kleid und den schwebenden, durchsichtigen Regenschirm zu warten. Nachdem es mit dem allabendlichen Wandeln über den dämmrigen Hof vorbei war, schloss Helga einfach die Augen und hörte das Platschen des Regens auf gespanntem, seidigem Stoff, ferner und immer ferner, wie alle Geräusche und Düfte der Kindheit.

•••

Helga zog mit Egon in eine Zweizimmerwohnung, ähnlich der ihrer Eltern und auch nur wenige Ecken entfernt. Aber es war eine Erdgeschosswohnung zur Straße hin, und ein alter Traum ging in Erfüllung, als Helga in ihrem eigenen Wohnzimmer sitzen und auf den Verkehr hinabblicken konnte. Zum ersten Mal in ihrem Leben hatte sie viel Zeit, und da Müßiggang aller Laster Anfang ist (für solche Lebensweisheiten war sie anfällig), litt sie ein wenig unter schlechtem Gewissen. Nicht unbedingt gegenüber dem Mann, der sie versorgte, sondern ganz allgemein. Sie legte sich ein sanftes, entschuldigendes Wesen zu, erledigte ihre wenigen Pflichten mit übertriebenem Ehrgeiz und achtete darauf, häufig ihre Eltern zu besuchen oder von ihnen besucht zu werden. Die Schwiegereltern wohnten in der Provinz; ihnen schrieb sie oft, obwohl sie sich nur einmal bei der Hochzeit gesehen hatten. Diese Briefe, in denen sie ausführlich darüber berichtete, wie ihr Tag mit den häuslichen Pflichten verstrich und sie zu ihrem gemeinsamen

Wohl das Beste aus Egons Lohn machte, endeten immer recht eintönig mit der Wendung: »Uns geht es gut, wir hoffen, Euch auch. Eure ergebene Schwiegertochter Helga.«

Jeden Vormittag ging sie mit ihrer Mutter einkaufen, beide mit einem Tuch über dem Haar und einer robusten Tasche über dem Arm. Die Mutter suchte beim Metzger das beste Stück Fleisch aus: »Männer, die hart arbeiten, müssen auch etwas Ordentliches essen«, erklärte sie. Helga servierte ihrem Mann täglich um Punkt sechs »etwas Ordentliches zu essen«. Doch in der Zeit zwischen seinem Aufbruch am Morgen und dem Essen am Abend verschwendete sie kaum einen Gedanken an ihn. Wenn sie die Einkäufe und das Putzen erledigt hatte, setzte sie sich mit einer Stopfarbeit, die sie vom Gedanken befreien sollte, dass sie ihre Zeit verbummelte, während die Leute auf der Straße offenbar alle schrecklich viel zu tun hatten, aus Fenster. Aus ihrem geschützten Versteck hinter der Gardine betrachtete Helga die Passanten ernst und aufmerksam, so wie sie vor Egons Zeit alle Männer mit braunen Augen betrachtet hatte. Eine schwache Neugier erfüllte sie: Wo wollten sie hin? Warum hatten sie es so eilig? Ohne es zu wissen, war sie ein einsamer Mensch. Sie dachte oft an ihre Mutter, weil sie in Helgas Augen als Einzige seit jeher dieselbe war. Es gab ihr eine gewisse Ruhe, mit ihr zusammen zu sein. Mutter und Kind. Geborgenheit. Sie dachte gern an ihre Kindheit zurück. Sie hörte ihre Mutter auch gern konkrete Dinge daraus erzählen. Ihre Mutter redete viel. Die Sätze strömten aus ihr hervor und bildeten solide Rahmen um ferne, verschwommene Landschaften. »Wie gut du es getroffen hast«, sagte sie oft, »du solltest das ein bisschen mehr wertschätzen, aber du warst schon immer ein undankbares Wesen.« »Inwiefern undankbar?«, fragte Helga. Dann bekam sie jedes Mal die Geschichte von all den vergossenen Tränen zu hören, wenn ihr jemand etwas geschenkt hatte. »Am Ende haben wir uns regelrecht davor gefürchtet, etwas für dich zu kaufen«, sagte die Mutter, und sie saßen beide in der Dämmerung und schüttelten den Kopf über dieses undankbare Wesen, das weinte, wenn man ihm Dinge schenkte, über die andere Kinder entzückt gewesen wären. Sie sprachen von diesem Mysterium wie von einem überstandenen Scharlach: »Mein Gott, so krank, wie du warst, hätten wir nie geglaubt, dass du dich je wieder erholen würdest.«

Am liebsten hörte Helga etwas über all das, was außerhalb der verstreuten Flecken ihrer eigenen Erinnerung lag. Die ersten Worte, die sie gesagt hatte, wie sie sauber geworden war usw. Dinge, die sich durch nichts von dem unterschieden, was andere Mütter von ihren Kindern erzählen konnten. Helgas Mutter beendete diese Geschichten gern, indem sie aufstand und ihre Sachen zusammensuchte, während sie Bemerkungen machte wie: »Ach ja, die Zeit, in der du noch klein warst, wird nie mehr zurückkommen.« Auch wenn sie klangen wie Gemeinplätze, die ohne das geringste Bedauern dahingesagt waren, hinterließen sie einen kleinen Riss in dem Schleier, der Helgas innerstes Wesen umgab wie eine Fruchtblase das ungeborene Kind.

Wenn die Mutter gegangen war (immer einige Zeit bevor sie mit Egons Heimkehr rechnete) und Helga ihrer vertrauten, robusten Gestalt so lange nachgewinkt hatte, bis sie verschwunden war, setzte sie sich erneut ans Fenster, ohne das Licht einzuschalten. Eine Traurigkeit wuchs in ihr und um sie herum. Sie dachte: Ach, wenn Egon nur bald nach Hause käme. Kam er dann aber und erfüllte die kleinen Zimmer mit seiner lärmenden Präsenz, die jeden Zauber brach, hatte sie sich doch nicht nach ihm gesehnt. Sie ging leise umher und führte ihre häuslichen Pflichten aus, aß wie ein Spatz und sagte Ja und Nein, sofern die Sätze des Mannes nach einer Antwort verlangten. Ab und zu sah er sie forschend an: »Du solltest ein Kind kriegen«, sagte er, »ich verstehe verdammt noch mal nicht, warum das nicht bald passiert.« Dann errötete sie ein wenig über ihre diesbezügliche Unzulänglichkeit, vor allem aber darüber, dass sie ein Kind in Wirklichkeit gar nicht vermisste. Die Gesellschaft ihrer Mutter erweckte das Kind Helga in ihr zum Leben, sodass gewissermaßen kein Platz mehr für etwas anderes blieb. Manchmal log sie ihn an, wenn er fragte, ob ihre Mutter da gewesen sei, denn aus irgendeinem Grund gefiel es ihm nicht, dass sie so oft zu Besuch kam, wenn er nicht da war.

So vergingen die Tage, die sich kaum voneinander unterschieden.

Eines Abends wartete Helga eine Stunde mit dem Essen auf Egon, ehe er nach Hause kam, und als er endlich eintraf, war er betrunken und warf sich auf das Sofa, von wo aus er mit einem lauernden und boshaften Blick all ihre Bewegungen verfolgte. »Was ist denn mit dir los?«, fragte er plötzlich. »Du bist ja ganz grün im Gesicht.« Sie erschrak und trug sofort ein wenig Rouge auf. Später gewöhnte sie sich an seinen ruppigen Ton. Außerdem gewöhnte sie sich daran, Essen zu kochen, das man gut aufwärmen konnte, weil sie mittlerweile nie sicher sein konnte, wann er nach Hause kam. Sie erzählte es ihrer Mutter. »Egon trinkt neuerdings.« Die Mutter schien darüber besorgter als sie selbst. »Wenn ein Mann trinkt, ist er mit seiner Frau unzufrieden«, urteilte sie, und weil sie der Meinung war, es gebe für alles eine Lösung, riet sie ihrer Tochter, sich mit Egon »auszusprechen«, um der Ursache auf den Grund zu gehen. Helga hatte jedoch noch nie versucht, sich in die Gedanken eines anderen Menschen hineinzuversetzen; in erster Linie deshalb, weil es bislang nie nötig gewesen war. Ihre ganze Person bestand aus nichts als einem Haufen Erinnerungen ohne Struktur und Zeit. Es gab eine Reihe von braunen Augenpaaren, eine Dämmerungsstimmung, eine ungeheure, ziellose Erwartung, ein gelbes Kleid und einen Regenschirm. Es gab Tränen und Enttäuschungen und vieles mehr, hin und wieder auch kleine Freuden. Und es gab einmal einen Mann, der ihre schmalen, blassen Lippen geöffnet und sie für einige wenige Momente den Hauch von etwas Unbekanntem, Wundervollem hatte spüren lassen. Es gab eine Stimme, die seltsame, süße Worte zu ihr gesagt hatte, und über all das spannte der Regenschirm ihrer Kindheit und Träume sein feines Seidensegel. Das hatte nicht viel mit dem Mann zu tun, der neuerdings trank. Sie fand, sie hätte ihm so viel von sich gegeben, wie er es erwarten durfte, und ihr schwaches Gefühl von Unvollkommenheit ihm gegenüber betraf nur diese eine Sache; dass sie nicht schwanger wurde, wie es sich für eine frischgebackene Ehefrau gehörte. Doch selbst jetzt war ihr, als würde sie etwas darüber Hinausgehendes erwarten, für sich allein, einen Gewinn, der stattdessen anderen, unbekannten Menschen zufiel. Sie gab niemandem die Schuld daran, das hatte sie nie getan, dazu wusste sie zu genau, wie überzogen ihre eigenen Ansprüche waren. Auf den Wunschzettel des Lebens hatte sie erschwingliche Dinge geschrieben: ein bisschen Zeit zum Träumen, einen Ehemann mit braunen Augen – und ein Kind, Letzteres eher aus Gründen der Konvention. Nach außen hin war ihr Handeln immer von greifbaren Dingen geleitet gewesen, weshalb sie davon ausging, dass auch Egon einen sehr konkreten Anlass dafür haben musste, zu trinken und so grob mit ihr zu reden. Sie nickte ihrer Mutter nachdenklich über die Teetasse hinweg zu und versprach, sich mit ihrem Mann »auszusprechen«. Doch sie hatte bereits entschieden, dass es das ausbleibende Kind war, das ihn plagte, und über Dinge, die man nicht ändern kann, spricht man auch nicht. Nicht mal mit seiner Mutter.

An jenem Abend kam Egon erst um Mitternacht nach Hause. Mitten im Zimmer warf er seinen schmutzigen Overall auf den Boden und rief nach Helga, die gerade das Essen aufwärmte.

»Jetzt reicht es aber«, sagte er langsam und schwankte wie ein Matrose. Sie erschien in der Küchentür und starrte ihn mit ihren traurigen, verwunderten Augen an.

»Was reicht?«, fragte sie ängstlich.

Er trat einen Stuhl um und stellte sich vor sie hin.

»Alles«, sagte er und hauchte sie mit seiner Schnapsfahne an, »glaubst du, ich bin dumm?«

Sie antwortete nicht, sondern wich ein wenig vor ihm zurück. Ihre Gedanken bewegten sich so langsam, sie kamen nie ganz nach, vor allem in einer komplizierten Situation, die erst in der Erinnerung lebendig wurde.

»Das Essen brennt an«, sagte sie unsicher.

Er lachte freudlos.

»Ich brauche kein Essen«, lallte er. »Ich habe schon gegessen.«

»Wo hast du denn gegessen?«, fragte sie leise und begann ihre Schürze aufzubinden. Ihre Hände zitterten leicht. Er sah, dass sie verletzt oder ängstlich war, und lachte erneut.

»Bei einem wahnsinnig hübschen Mädchen, wenn du es unbedingt wissen willst«, rief er triumphierend. Dann rülpste er ihr ins Gesicht, ging ins Schlafzimmer und legte sich angezogen aufs Bett.

Helga folgte ihm. Sie betrachtete ihn verwirrt und hatte keine klaren Gedanken oder Gefühle, als sie auf der Suche nach einer sicheren und kindlichen Zeit flüsterte: »Das sage ich meiner Mutter.« Doch er war bereits eingeschlafen.

In Wirklichkeit empfand sie bei dem Gedanken, dass er sie aller Wahrscheinlichkeit nach betrogen hatte, nicht mehr als die Kränkung, von der sie wusste, dass sie von einer Frau in ihrer Situation erwartet wurde. Ein Mann darf nicht trinken, aber noch viel schlimmer ist es, wenn er fremdgeht. Ihre mäßige Phantasie bewahrte sie davor, ihn sich mit einer anderen Frau vorzustellen, aber das hätte auch nichts geändert. Er bedrohte lediglich ihr äußeres Leben. Sie selbst blieb unverändert, ihr Körper war derselbe wie zuvor, bis auf den kleinen Unterschied, dass sie für andere Männer im Wert gesunken war. Der Begriff »andere Männer« war ihr seit der Hochzeit nicht mehr in den Sinn gekommen. Und jetzt, während sie sich langsam auszog, dachte sie auch nur daran, weil sie wusste, dass ihre Mutter es tun würde. Wenn dieser Mann seinen Verpflichtungen gegenüber ihrer Tochter nicht nachkam, so würde die Mutter überlegen, müsste der Weg zum sicheren Lebensunterhalt eben über andere Männer mit braunen Augen führen – und diese fixe Idee, dass sie unbedingt braune Augen haben sollten, stammte ursprünglich auch von der Mutter. Eine Bemerkung, die sich festgesetzt hatte: Dunkle Männer sind die Güte in Person.

Egon schlief tief und fest, und Helga lag neben ihm und

betrachtete ihn. Trotz der späten Stunde war sie nicht müde. Sein Kinn war schlaff, er hatte Bartstoppeln und schnarchte. So etwas denkt man nicht über seinen Mann, sondern nur über einen Fremden. Vielleicht war er schon lange ein Fremder für sie – seit jenem Tag, als sie sich ihm mit einer so großen Erwartung genähert hatte und mit einer so großen Enttäuschung wieder gegangen war. Auf ihre eigene stille Art und ohne es als größeres Unglück wahrhaben zu wollen. Welche Bedeutung hat ein Mensch überhaupt für den anderen, abgesehen davon, dass der eine den anderen zum Handeln zwingt?

Helgas Handlung war merkwürdig. Bisher hatte sie keine bestimmte Absicht verfolgt, wenn sie hin und wieder zur Haushaltskasse geschlichen war, um ein bisschen Geld daraus zu stibitzen und es in ihrem kleinen Kästchen zu verstecken, einem ursprünglich für Schmuck vorgesehenen Konfirmationsgeschenk. Vielleicht hatte sie sich einreden wollen, es wäre für Weihnachtsgeschenke und andere Dinge gedacht, die sie sich sonst kaum leisten konnten. Doch jetzt wusste sie genau, warum sie es gespart hatte. Plötzlich lächelte sie in die Dunkelheit und stahl sich ganz leise aus dem Bett und zu der Schublade, in der sie das Kästchen aufbewahrte. Der Mond erhellte das kleine Zimmer wie eine falsche Morgendämmerung. Mit der lautlosen Geschicklichkeit einer Diebin zählte Helga das Geld. Es waren fast vierzig Kronen. Sie hielt sie in ihren Händen und lächelte noch immer, sanft, erlöst und für sich, wie ein Kind im Schlaf. Sie konnte an nichts anderes mehr denken als einen geöffneten, durchsichtigen Regenschirm in einer ganz bestimmten Farbe und Form. Ihr Herz klopfte vor Sehnsucht nach dem Morgen so heftig wie das Herz einer Frau, die bald ihren Liebhaber trifft. Sie stellte sich die Straße bei Regenwetter vor und sich selbst, wie sie dort unter dem Seidendach entlangspazierte. Wolkige, lichte Gedanken breiteten sich über ihr Bewusstsein wie Pusteblumenbäusche: ein Haus, in dem sie angestellt gewesen war, die Dame des Hauses im Festkleid: Ach, Helga, reichen Sie mir doch bitte mal meinen Regenschirm! Sie hatte schon viele Schirme in den Händen gehalten, ohne das Geringste dabei zu empfinden, Dinge, die außerhalb ihrer Welt lagen, hatten ihr nie viel bedeutet. Bis jetzt. Kurz vor der Handlung.

Sie schlüpfte erneut in ihr Bett, und ihr Mann streckte im Schlaf die Hand nach ihrem Körper aus und murmelte etwas, das sie nicht verstand. Vorsichtig legte sie seine schlaffe Hand wieder unter die Decke, während der Abglanz einer fernen Zärtlichkeit durch sie hindurchstrich. Für eine Sekunde flammte so viel Gefühl in ihr auf, wie sie für einen anderen Menschen außer ihrer Mutter aufzubringen imstande war. Er hatte in der letzten Zeit oft gebrüllt, er wolle sich scheiden lassen und nicht länger mit einem solchen Besenstiel verheiratet sein, aber Worte, die ihr derart entgegengeschleudert wurden, sickerten wie durch ein Sieb aus ihr heraus. So hatten sich ihre Eltern im Streit auch immer angeschrien. Das bedeutete nichts, sie hatte sich daran gewöhnt. Wichtig war nur, dass die Nachbarn nichts mitbekamen. Sie selbst hatte nie verstanden, warum man sich stritt. Sie dachte nur, so sind die anderen, und so bin ich. Ihre Verteidigung war eine andere. Man konnte nie wissen, wann sie einsetzte. Vielleicht hatte Egon sie gar nicht betrogen, aber das war inzwischen gleichgültig.

Am nächsten Morgen benahmen sie sich beide, als wäre nichts geschehen. Auch das gehörte zu ihrem Leben. Helga schmierte ihrem Mann Brote, kochte Kaffee und küsste ihn zum Abschied auf die Wange. Ganz so wie immer. Dann ging sie, erfüllt von leichten, erwartungsvollen Gedanken, einkaufen. Und es gab niemanden, der ihr erzählte, dass sie an diesem Morgen so hübsch war, wie es ganz gewöhnliche Menschen mitunter sein können, wenn sie von einer großen Freude erfüllt sind. An diesem Novembertag strahlte sie wie ein blasser und zarter Morgenstern, der sanft und hingebungsvoll erzittert, bevor er verglüht. Sie war nicht mehr dieselbe wie am Tag davor. Sie war eine Frau, die in Geschäfte ging, um sich einen Regenschirm auszusuchen. Es dauerte lange, bis sie den richtigen fand. Und sie trug ihn so unbeholfen nach Hause, wie Männer, die es nicht gewohnt sind, einen Blumenstrauß tragen.

Als sie zur Tür hereingekommen war, spannte sie den Schirm auf und trippelte damit durch die Zimmer. Ihre Freude war noch neu und unverdorben. Sie bewegte sich genau wie die Frau im gelben Kleid aus ihrer Kindheit, an Stapeln von schmutzigem Geschirr vorbei, durch große helle Räume mit Palmen in den Ecken und Bildern an den Wänden; sie betrat einen erleuchteten Saal und erinnerte sich an ihren ersten Ball. Sie hob den Saum eines unsichtbaren Kleides und machte ein paar Tanzschritte. Der Griff des Regenschirms war kühl, zart und doch stark, etwas, woran man festhielt und glaubte, was man liebte und wozu man stand. Jetzt konnte sie ihren Freundinnen sagen: Ich habe mir einen Regenschirm gekauft, und ihn trotzdem ganz für sich allein haben. Sie klappte ihn zusammen und untersuchte sorgfältig seinen Mechanismus, die blanken Speichen, die entzückenden kleinen Seidentupfen und den schweren und doch durchsichtigen Stoff, auf den der Regen eines Tages seine Melodie von den vergessenen und verlorenen Stunden trommeln würde.

Dieser Rausch hielt fast den ganzen Tag über an. Sie dachte nicht an ihre Mutter, sie putzte nicht, wischte nicht einmal den Staub von den Möbeln. An Egon verschwendete sie auch keinen Gedanken.

Als er entgegen seiner Gewohnheit direkt von der Arbeit nach Hause kam, saß sie mit dem Stickkörbchen vor sich, das im Übrigen ebenfalls leer war, auf ihrem üblichen Platz am Fenster. Sie lächelte ihn an und stand auf.

»Ich habe nichts gekocht«, sagte sie ungerührt und fügte so spöttisch, wie es ihr sonst gar nicht ähnlich sah, hinzu: »Ich dachte, du hättest vielleicht wieder auswärts gegessen?«

Er antwortete nicht, und sie stellte fest, dass er nüchtern war und ihrem Blick auswich. Warum? Sie wollte ihm von dem Regenschirm erzählen und ihren kleinen Betrug gestehen, sie hatte das Bedürfnis, ihr großes Glück mit jemandem zu teilen. Doch er sah schrecklich feierlich aus, setzte sich an den Tisch und räusperte sich. »Bitte verzeih mir, was ich gestern gesagt habe«, bat er beschämt. »Das stimmte gar nicht, ich war einfach nur betrunken.«

»Ach«, sagte sie matt. Sie hatte den ganzen Tag nicht mehr daran gedacht, was am Vortag passiert war. Selbst jetzt war es so merkwürdig mühsam, an etwas anderes als den Schirm zu denken, aber die Situation erforderte, dass sie etwas sagte. Plötzlich war sie genauso betreten wie er und blickte auf ihre Hände.

»Das macht doch nichts«, sagte sie ehrlich, »ich hatte es schon wieder vergessen.«

Sie bemerkte den Schatten nicht, der über sein Gesicht huschte, und sie spürte auch nicht, wie verzweifelt er sein ganzes Wesen nach ihr ausstreckte. Sie war kein Mensch, der kam, wenn andere riefen; sie rief selbst, wenn sie etwas brauchte, mit einer dünnen Stimme, die der Sturm allzu leicht übertönte. Und davon abgesehen, kommt es wohl auch nur selten vor, dass zwei Menschen gleichzeitig rufen und eine Antwort erhalten. Sie ruhte in sich selbst, hatte sogar noch Reserven, aus denen sie schöpfen konnte. Ihr Mann war lange wie ein großes, plumpes Tier auf sie zugetrottet, während sie geschmeidig und leicht wie eine aufgeschreckte Gazelle vor ihm davongesprungen war auf eine verborgene, helle Lichtung im Wald.

Sie setzte sich ihm gegenüber, klein und aufrecht, und erschien ihm erneut geheimnisvoll und aufreizend. Wie vor langer Zeit fragte er eifersüchtig und ängstlich: »Woran denkst du?« Und wie damals glitten ihre klaren, verträumten Augen über ihn hinweg, als sie antwortete: »An einen Regenschirm« – und in plötzlichem Eifer hinzusetzte: »Ich habe ihn gekauft, Egon, möchtest du ihn sehen?« Schon auf dem Sprung in den Flur, in atemloser Erwartung.

Aber er folgte ihr, und in einem plötzlichen Anfall von übermächtigem Zorn entriss er ihr den feinen, kleinen Gegenstand und brach ihn über seinem starken Knie entzwei.

»Da hast du deinen Regenschirm«, brüllte er, und sie stand einen Moment verblüfft da und starrte auf die Überreste, die raffiniert geformten Speichen und die zerfetzte Seide.

Dann ging sie stumm an ihm vorbei in das kleine Wohnzimmer, zurück zu dem, was überschaubar, erträglich und bereits bestimmt war. Wie zuvor setzte sie sich ans Fenster, und endlich verstand sie, dass dies ihr Platz war und alles so, wie es sein sollte. Die Farben ihrer Erinnerung verliefen ineinander und bildeten den Anfang einer Art Muster. Sie begriff, dass sie nie wieder einen Regenschirm besitzen konnte. Es war natürlich und gerechtfertigt, dass er zerstört worden war. Sie hatte gegen das geheime Gesetz verstoßen, das ihr eigenes Innenleben regelte, denn die wenigsten Menschen wagten es auch nur einmal in ihrem Leben, das Unaussprechliche in die Tat umzusetzen.

Helga lächelte weit entfernt von ihrem Mann. Es war, als ließe er plötzlich eine Saite in ihr ganz leicht erzittern, vielleicht, weil er ihr die Grenzen der Entfaltung ihres Wesens aufgezeigt hatte, ehe es zu einem Nichts zerfloss. Genau das dachte sie nicht. Sie dachte lediglich: Es ist fast, als wäre ich fremdgegangen und er hätte mir verziehen. Und sie nickte ernst und zerstreut, wie gegenüber einem Kind, das einen Stern vom Himmel holen und verschenken möchte, während er eifrig eine neue Glühbirne in die Deckenlampe schraubte und über seine Schulter hinweg sagte:

»Du bekommst einen neuen Schirm.«

DIE KATZE

Sie saßen einander im Zug gegenüber, und keiner von beiden hatte etwas Besonderes an sich; sie gehörten nicht zu den Menschen, die der Blick bemerkt, wenn er es leid ist, auf die übliche Landschaft zu starren, die aus weiter Ferne auf den Zug zuzusausen scheint, um für eine Sekunde stillzustehen, in einem ruhigen Bild aus sanften grünen Kurven und kleinen Häusern und Gärten, in denen das Laub erzittert und grau wird vom Rauch, der hinter der Lok herflattert wie ein langer, qualmender Wimpel. Man vertrieb sich auch nicht die Zeit damit, zu erraten, ob sie verheiratet waren oder nicht, ob sie Kinder hatten, wie alt sie waren, was sie beruflich machten usw. Ihre ausdruckslosen Augen sprachen für Ehe und Bürotätigkeit. Der Mann verbarg sein Gesicht hinter der Zeitung, die Frau sah aus, als wäre sie eingeschlafen. So saßen sie jeden Morgen und Abend da, wenn die Büroangestellten und Geschäftsleute zur Arbeit und wieder nach Hause fuhren, meist auf denselben Plätzen im letzten Wagen. Vor Kurzem hatte sie einige Tage lang gefehlt, vielleicht war sie krank gewesen. Da hatte er allein dort gesessen, was von außen betrachtet kein großer Unterschied war. Er breitete seine Zeitung aus und las sie ausgiebig, ehe er sie ordentlich zusammenfaltete und auf seinem Sitz liegen ließ, wenn er ausstieg. Ein ganz gewöhnlicher, anständiger Büroangestellter Mitte dreißig. Es war die kalte Jahreszeit, vielleicht hatte sie eine Grippe gehabt.

Jetzt berührte er leicht ihr Knie: »Wir sind gleich da«, sagte er.

Es war überflüssig, denn sie hatte nicht geschlafen. Sie stand auf und nahm ihre Tasche aus dem Netz, richtete ihren Hut ein wenig und verließ vor ihm den Zug. Er betrachtete sie von der Seite, als sie die Straße entlang zu ihrem Haus gingen. Sie sah müde aus, wie immer. Ihr fehlte rein gar nichts, und sie hatte auch nicht mehr zu tun als andere berufstätige Frauen, die sich auch um den Haushalt kümmerten, eher weniger, denn sie waren ja kinderlos. Doch sie zog neuerdings eine Miene, als trüge sie die Last der ganzen Welt auf ihren Schultern. So kam es ihm jedenfalls vor, und das ärgerte ihn. In letzter Zeit war er schnell verärgert.

Er presste seine Lippen zu einem schmalen Strich zusammen und räusperte sich.

»Ist die Katze noch da?«, fragte er.

»Ich glaube schon«, sagte sie, »ich wollte sie nicht in die Kälte hinausjagen.«

Er runzelte die Stirn und schwieg. Das Tier hatte sich langsam bei ihnen eingeschlichen. Als sie eines Abends nach Hause gekommen waren, hatte es miauend vor ihrer Tür gestanden. Sie gab der Katze ein wenig Milch und schickte sie weg. Am nächsten Morgen stand sie wieder da, und er schleuderte einen Stein nach ihr, als sie gingen. Am Abend ließ sie die Katze jedoch herein, weil es draußen fror und sie anscheinend kein anderes Zuhause hatte. Am Morgen stank es im ganzen Haus nach Katzendreck, das Biest war nicht einmal stubenrein. Es strich ihnen besänftigend um die Beine, und sie eilte umher und beseitigte alle Spuren und kippte Salmiakgeist auf den Boden, um den Gestank zu vertreiben.

Dann begann der Streit um die Katze. Er sperrte sie aus, sie ließ sie wieder herein. Wenn sie abends im Bett lagen, hörten sie das schwache Maunzen vor der Haustür, und sie stand auf, um die Katze zu füttern, während ein rätselhafter Zorn in ihm aufstieg. »Lass sie auf keinen Fall rein«, rief er ihr nach. Doch am Morgen war die Katze trotzdem unten im Wohnzimmer und sprang mit einem eleganten Satz auf ihren Schoß. Sie schmuste mit ihr: »Kleine Miezekatze«, sagte sie, »ach, wärst du doch bloß stubenrein.« Denn sie wurde selbst ganz blass, wenn sie in diesem Gestank saßen und Kaffee tranken. Während sie im Krankenhaus war, gelang es ihm, die Katze wieder loszuwerden. Sobald er sie in der Nähe des Hauses erblickte, warf er einen Stein nach ihr und ärgerte sich, dass er nie traf. Doch als sie wieder da war, fragte sie als Erstes nach der Katze. Sie stand vor der Tür und lockte sie: »Komm, kleine Miez, jetzt ist Mama wieder da.« Und das Tier kam wirklich, als hätte es sich die ganze Zeit in der Nähe herumgetrieben und auf sie gewartet. Sie fegte den Schnee von der Treppenstufe und trug es ins warme Wohnzimmer. Sie legte die Wange an sein Fell und hatte Tränen in den Augen: »Süßes kleines Miezekätzchen«, flüsterte sie. Er hasste Sentimentalität, und er hasste Schmutz und Unordnung. Sie hätte ihre Kräfte und Mühen besser für andere Dinge aufsparen sollen. Insgeheim war er froh über ihre Fehlgeburt. Ein Kind hätte ihr ganzes Leben umgekrempelt, das sich in ihren sechs Ehejahren stetig verbessert hatte. Sie besaßen ein eigenes Haus und schöne Möbel und die passenden Freunde, und einmal im Monat luden sie den Chef zum Essen ein. Für ein Kind hätte sie ihren Job aufgeben müssen, ihr Lebensstandard wäre ebenso gesunken wie ihr soziales Ansehen. Er empfand das als Unglück, und er versuchte, auch sie davon zu überzeugen, das Ganze vernünftig zu betrachten. Doch sie ging mit einer zarten Erwartung umher und lebte in einer Traumwelt, zu der trockene Zahlen und Berechnungen keinen Zugang hatten. »Ein echtes lebendiges kleines Kind, unser eigenes«, sagte sie verwundert. »Das Haus? Das ist doch nur ein totes Ding.«

Er fand, sie untergrabe ihr gemeinsames Streben; sie zog sich von ihm zurück und war allein mit diesem unbekannten Fremdkörper. Sie schien davon jünger und schöner zu werden, und er empfand eine Art Eifersucht, weil sie ihr Glück nicht mit ihm teilte. Bei ihm zu Hause waren sie sechs Geschwister gewesen, und er erinnerte sich an ein ständiges Geheul und Gezänk um das Geld, das nie richtig reichte. Kinder machen arm.

Wann war die Katze aufgetaucht? Es musste gewesen sein, kurz nachdem sie bemerkt hatten, dass sie schwanger war, davon abgesehen gab es keinerlei Zusammenhang zwischen den beiden Dingen. Eines Morgens wurde sie krank und musste in großer Eile ins Krankenhaus gebracht werden, es war nach wenigen Tagen überstanden, und er fühlte sich zunehmend erleichtert. Schließlich konnten sie nichts dafür, und wahrscheinlich hätten sie auch ein Leben mit Kind gemeistert, aber so war es besser. Er holte sie aus dem Krankenhaus ab und hatte Blumen dabei, die er aus dem unbestimmten Gefühl heraus gekauft hatte, sie bräuchte Trost. Aber sie beachtete den Strauß nicht und hielt ihn während der ganzen Heimfahrt verkrampft und unbeholfen in den Händen. Sie ließ zu, dass er ihre Hand tätschelte, die jedoch wie ein fremder, toter Gegenstand in der seinen lag. »Hast du etwa die Katze vergrault?«, hatte sie gefragt, und er hielt das für eine seltsame Frage, aber

Frauen haben nun einmal kein Gespür für Verhältnismäßigkeit. Einige Tage nahm er Rücksicht auf sie und sah über vieles hinweg. Er half ihr jeden Abend beim Geschirrspülen und fand sich mit der Anwesenheit der Katze ab, einmal entfernte er sogar selbst ihre Hinterlassenschaften. Da sie diese Rücksicht jedoch gar nicht wahrzunehmen schien, hörte er damit auf und verhielt sich wieder wie vorher. Das Kind erwähnten sie nicht. Nur ein einziges Mal, als sie mit der Katze auf dem Schoß dasaß, sagte sie: »Na, jetzt bist du wohl froh?« Er verteidigte sich gekränkt und hatte im Nachhinein das Gefühl, in Wirklichkeit wäre er es gewesen, der gern ein Kind gehabt hätte, und er allein würde trauern, weil nichts daraus geworden war. Ja, weil nichts daraus geworden war, konnte er sich erlauben zu trauern. Solange sie ihre Katze hatte, war sie glücklich. Aber dem würde er schon noch ein Ende bereiten. Diese ewige Schweinerei.

Der Gestank schlug ihnen entgegen, sobald sie zur Tür hereinkamen. Er riss demonstrativ die Fenster auf. Jetzt musste das Vieh raus. Er beförderte es mit einem Tritt vom Stuhl herunter, während sie in der Küche war, und es schoss wie ein Pfeil zu ihr hinaus. Er konnte hören, wie sie mit ihm redete und Milch in eine Schale goss. Er lag auf dem Sofa, als sie mit einem Eimer und einem Kopftuch ums Haar hereinkam und Salmiakdünste verbreitete. Putzfrau, dachte er erbost.

Doch als er ihren gebeugten, biegsamen Rücken sah, wurde er von einer plötzlichen Wärme erfüllt, die ihn selbst überraschte. Das war lange nicht mehr geschehen.

»Grete«, rief er.

»Was ist?« Sie drehte sich nicht um.

»Komm doch mal kurz her.«

Er erhob sich und stand still und schamerfüllt vor ihrem klaren, fragenden Blick. Was zum Teufel, dachte er verblüfft, wir sind immerhin verheiratet. Doch sie ging auf ihren praktischen niedrigen Absätzen an ihm vorbei und war plötzlich so unangemessen fremd, als hätte er sie noch nie in seinen Armen gehalten. Aber es ist doch nicht meine Schuld, dachte er mit einer schwelenden, ohnmächtigen Wut, was kann ich denn dafür, dass es nichts wurde?

Er starrte auf die verschlossene Tür und erblickte im nächsten Moment die Katze, die unter dem Schreibtisch lag und jede seiner Bewegungen mit ihren Raubtieraugen verfolgte. Sie lag da, als würde sie einer Maus auflauern, reglos und in geduldiger Habachtstellung. Er stand vollkommen still im Zimmer und spürte, wie die gleiche lauernde Wachsamkeit auf seine eigenen Sinne übergriff. Er trat einen Schritt auf das Tier zu, das einen Buckel machte und leise fauchte. Dann sah er sich nach etwas um, das er nach ihm schleudern konnte, doch sowie er sich wegdrehte, sprang es durch eines der offenen Fenster hinaus. Er schloss in allen drei Zimmern die Fenster und ging dann hinaus, um zu prüfen, ob die Haus- und Küchentür zu waren. Am Küchentisch lehnend, betrachtete er seine Frau. Sie drehte Fleisch durch den Wolf, das aus all den kleinen Löchern kroch wie lange helle Würmer, und lenkte es in eine Schüssel.

»Wo ist die Katze geblieben?« Sie sah nicht von ihrer Arbeit auf.

Er zuckte mit den Schultern: »Woher soll ich das wissen?«

Sie blickte hastig auf. »Du hast sie ausgesperrt«, sagte sie. Ihre Stimme zitterte vor Wut.

»Du hast doch einen Spleen mit dieser Katze«, sagte er und versuchte zu lachen.

Sie wusch sich die Hände, trocknete sie sorgfältig ab, einen Finger nach den anderen, mit Bewegungen, als würde sie einen Handschuh anziehen.

»Finde sie«, sagte sie ruhig.

Seine Augen wichen ihr aus. Er wollte etwas sagen. Sein Hals schnürte sich zu, als müsste er weinen. Was ist nur los?, dachte er, sie hasst mich ja richtiggehend. Sein Blick wurde hilflos, und er ging an ihr vorbei durch die Küchentür.

»Miez, miez«, lockte er. »Komm, kleine Miez.« Wenn diese Katze nur wiederkäme, dachte er, könnte vielleicht doch alles wieder gut werden. Aber sie ließ sich nicht blicken. Er suchte im Garten, und sein ganzer Zorn war etwas Überwältigendem, Unbekanntem gewichen, das er nicht benennen konnte. Er suchte zwischen den Bäumen und im schneebedeckten Gras, er suchte nach einer kleinen Katze, die eine Menge Ärger brachte, aber kein Glück, und es erschien sinnlos. Er hatte ein hübsches Mädchen aus gutem Hause geheiratet, in ein paar Jahren würde er wohl zum Büroleiter befördert, und dann könnten sie es sich vielleicht erlauben, ein Kind zu bekommen. Grete könnte aufhören zu arbeiten – »Miez, miez, kleine Katze« –, er flehte, als ginge es um sein Leben, und wusste nicht warum. Er hatte Angst. Er bewegte sich auf unbekanntem Terrain, er erkannte die Frau nicht wieder, die in der Küche stand und verlangte, dass er mit einer räudigen, unreinlichen Katze zurückkehrte. Er wollte seine Frau so wiederhaben wie vorher, wollte mit ihr über alltägliche Dinge sprechen können, wollte sie wieder in seinen Armen halten und Besitzerstolz empfinden. Vielleicht könnte er sie mit der Katze bestechen.

Sie hockte in einer Ecke des Geräteschuppens und fauchte, als er sich näherte. »Kleine Miezekatze«, flüsterte er sanft, »du brauchst keine Angst zu haben, komm, geh zu deiner Mami, miez, miez.«

Sie wischte zwischen seinen Beinen hindurch und sprang selbst durch die offene Küchentür. Als er hereinkam, stand sie mit der Katze in den Armen da. Ihre Tränen strömten auf das Fell herab. Sie küsste sie auf den Kopf und die Pfoten und saugte ihre Lippen hinter den Ohren fest. Er sah, dass sie am ganzen Körper zitterte. »Grete«, rief er erschrocken. Sie ließ das Tier so plötzlich los, als wäre sie aus einem tiefen Schlaf geweckt worden. Anschließend betrachtete sie lange ihre Hände, mit denen sie es so leidenschaftlich liebkost hatte. Sie hob den Kopf und trat einen unsicheren Schritt auf ihren Mann zu, dann blieb sie stehen und strich sich mit dem Handrücken über die Stirn.

»Ach«, sagte sie, »ich muss wohl zusehen, dass das Essen fertig wird.«

Sein Gemüt wurde erweicht, er wollte zu ihr gehen und die Hände auf ihre Schultern legen, sich ihr auf irgendeine Weise nähern, vielleicht erwartete sie das, vielleicht brauchte sie es. Doch dann fragte er sich plötzlich, ob die Nachbarn wohl gesehen hatten, wie er miauend zwischen den Büschen umhergekrabbelt war.

Er rückte seine Krawatte zurecht und ging wieder ins Wohnzimmer. Die Katze folgte ihm und ließ ihn nicht aus den Augen. Und obwohl er so tat, als wäre nichts, war er sich die ganze Zeit ihrer Nähe bewusst.

MEINE FRAU TANZT NICHT

Sie war gerade auf dem Weg zur Tür, um ans Telefon zu gehen, als sie die Stimme ihres Mannes hörte – den sie eigentlich schlafend auf dem Sofa gewähnt hatte, aber vielleicht war er vom Klingeln des Telefons geweckt worden – und stattdessen umdrehte und in die Küche zurückkehrte. Durch die Glastür drangen die Worte wie aus der Ferne zu ihr: »Danke, das ist sehr nett von euch, aber meine Frau tanzt nicht.«

Sie blieb stehen und lauschte, während ihr das Blut in die Wangen schoss und ihr Herz zu hämmern begann, als drohte Gefahr. Was ist denn nur los?, dachte sie erschrocken, es ist doch nichts passiert; natürlich weiß er, dass ich nicht tanze, jeder darf wissen, dass ich nicht dazu imstande bin. Wenn uns jemand fragt, ob wir zum Tanzen mitgehen, ist es wohl ganz normal, darauf hinzuweisen.

Abwesend und seltsam erstarrt setzte sie ihre Arbeit in der Küche fort. Sie hatte nie versucht, es vor ihm zu verbergen, und davon abgesehen wäre es auch gar nicht möglich gewesen. Schon als er sie zum ersten Mal geküsst hatte, musste er es gewusst haben, vielleicht sogar noch vor ihrer ersten Begegnung. Denn die Leute erwähnten es wohl, wenn die Rede auf sie kam: »Sie hatte Kinderlähmung, die Ärmste!« Für ihn war es offenbar nicht von Bedeutung gewesen – ob das der eigentliche Grund dafür war, dass sie sich in ihn verliebt hatte? In seinem Blick hatte sie nie dieses grässlich rücksichtsvolle Mitleid entdeckt.

Sie schälte mit schnellen, mechanischen Bewegungen Kartoffeln, während sie sich die ganze Zeit selbst zu beruhigen versuchte: Es ist nichts passiert, ich habe es nur zufällig gehört (aber hätte er es auch gesagt, wenn ich im Wohnzimmer gewesen wäre?). Wer hatte wohl angerufen? Vielleicht ein ehemaliger Mitbewohner aus dem Studentenwohnheim, der nichts über sie wusste. Eine dumpfe Traurigkeit befiel sie wie etwas Dunkles, Unbarmherziges, dem sie nicht entkommen konnte. Etwas hatte sich plötzlich verändert, ohne dass sie es genau benennen konnte.

Alle sahen es doch, warum sollte es etwas ändern, dass sie nie darüber gesprochen hatten? Es verfolgte sie immer, jeden Tag, jede Minute: im Bus, in der Straßenbahn, in den Geschäften und auf den langen, langen Straßen und den offenen Plätzen, die man kaum unbemerkt überqueren konnte, oder schlimmer noch, in Gestalt dieser jungen Menschen, die nach Feierabend grüppchenweise an den Straßenecken herumstanden und deren verräterische Augen, denen nichts entging, sie mehr quälten als alles andere; jedoch nicht mehr so stark, seit sie verheiratet war und damit von aller Welt anerkannt als verheiratete Frau, die man lieben und begehren und mit der man wie mit jedem anderen Menschen auch zusammenleben konnte. Ob er wohl daran dachte, wenn sie zusammen ausgingen? Vielleicht sogar immer? Hatte sie sich lediglich in falscher Sicherheit gewiegt, innerhalb der Wände dieses Heims, das sie zusammen geschaffen hatten? Der Traum ihrer Kindheit und Jugend, wie die anderen zu sein, oder wenigstens irgendeinen anderen körperlichen Defekt zu haben, der nicht sofort ins Auge fiel – einen schlechten Teint, zu dünne Beine, hässliche Hände –, holte sie wieder ein. Irgendetwas, das man für eine Weile verbergen kann, selbst vor dem Mann, den man liebt. Eines Tages bekommt man jedoch zu hören, dass er es schon die ganze Zeit gesehen hat, vielleicht im Streit. Dann fühlt man sich ertappt und weint, als wäre das eigene Leben und Glück für immer zerstört, obwohl man seinen Fehler doch weiterhin vor denen verbergen kann, mit denen man nur zufällig und flüchtig in Berührung kommt. Aber ein Mädchen, das hinkt, ist einer solchen »Entdeckung« nie ausgesetzt. Sie hinkt nicht mehr oder weniger, weil es zur Sprache kommt. Es ist eine für alle sichtbare Tatsache, wie rotes Haar oder eine Hasenscharte. So gesehen führt sie niemanden hinters Licht. Und will jemand mit ihnen tanzen gehen, ist es ganz natürlich, wenn ihr Mann darauf aufmerksam macht, dass sie nicht tanzt. Vielleicht recht kühl und ohne es darüber hinaus zu bewerten, so wie er, von jemandem danach gefragt, auch sagen würde: unsere Wände sind mit Leimfarbe gestrichen, das Schlafzimmer ist blau, wir sind seit fast einem halben Jahr verheiratet. – Es ändert nichts an den bestehenden Dingen. Schließlich sind es nur Kinder, die »Hinkebein« rufen, und nur, solange man selbst Kind ist.

Sie war den Qualen ihrer Kindheit entkommen und in die höfliche und rücksichtsvolle Welt der Erwachsenen gelangt. Es war ihr gelungen, nicht darüber nachzudenken, was in ihrer Abwesenheit geredet wurde. Außerdem glänzte sie auf anderen Gebieten. Sie konnte so versiert über Literatur, Politik, Kunst und fremde Länder reden wie jeder Mann in ihrem Umfeld. Sie hatte zwei Jahre in Frankreich gelebt und malte und zeichnete ein wenig. Sie hatte gelernt, mit den unterschiedlichsten Menschen zu konversieren und in allen Kreisen zu verkehren. Aber interessierte sie all das wirklich mehr denn als bloßes

Mittel, um die Aufmerksamkeit von den wohlgeformten Beinen und dem natürlichen Gang anderer Mädchen abzulenken?

Sie war mit dem Kartoffelschälen fertig und stand eine Weile da, die eine Hand auf dem Wasserhahn, während die andere im Topf herumrührte. Plötzlich war ihr, als hätte sie nicht mehr die Kraft, um die Kartoffeln abzuspülen und aufzusetzen. Sie ließ sich auf den Küchenstuhl fallen und trocknete ihre Hände an der Schürze ab, dann rührte sie sich nicht mehr und starrte nur noch vor sich hin, als wäre sie eine Maschine, die aus irgendeinem Grund noch einen kurzen Moment ohne Strom weiterlaufen kann und dann mit einem Ruck zum Stehen kommt und zu einem toten Ding wird, gleichgültig gegenüber all den Fetzen unfertiger Arbeit, die sich noch um all ihre ausgetüftelten Rädchen und Walzen winden.

Ja, alle wussten es. Mit ihren engsten Freundinnen konnte sie mitunter darüber sprechen und natürlich zu Hause bei den Eltern, wo es nach und nach genauso alltäglich geworden war wie die Gicht der Mutter und die ewigen Kopfschmerzen ihres Vaters.

Doch *ihm* gegenüber hatte sie es nie erwähnt. Manchmal – vor allem zu Beginn ihrer Bekanntschaft – spürte sie, dass er kurz davor war, es anzusprechen, vielleicht um ihr zu helfen, doch dann stand sie auf und gab ihm einen Kuss oder fragte ihn irgendetwas, um seine Gedanken in eine andere Richtung zu lenken. Allmählich verstand er vielleicht, dass er es niemals ansprechen durfte, weil es ihre Illusion zerstört hätte, wenigstens für einen einzigen Menschen vollkommen zu sein, das schönste, meistgeliebte Mädchen der Welt. Und so war es ihr gelungen, diesen Fluch von ihrer Ehe fernzuhalten, von den Augen und dem Bewusstsein des Mannes und damit auch von ihren eigenen Gedanken – jedenfalls in der Zeit, die sie hier verbrachte, in der Küche und in den Zimmern, im ersten Heim eines frischverheirateten und glücklichen jungen Paares. Sie hatte das große Unglück ihres Lebens vor die Tür gestellt, und nur, wenn sie die Wohnung verließ, hüllte es seinen schwarzen Mantel wieder um sie. Denn draußen in der Welt hatte sich nichts verändert, weder der unpersönlich registrierende Blick fremder Menschen noch das ungenierte Glotzen der Kinder.

Doch jetzt hatte jemand die Tür geöffnet, und ein unsichtbarer und eiskalter Wind umwehte sie, nur sie, nur sie allein spürte ihn. Und sie wusste nicht, was sie tun sollte oder warum es nötig war, etwas zu unternehmen. Aber das war es. Sie hatte die Worte noch immer im Ohr: »Meine Frau tanzt nicht.« – Sie fühlte eine ohnmächtige Bitterkeit, als hätte er sie angelogen, als hätte er sie betrogen. Derlei wäre jedoch leichter für sie zu verkraften gewesen, weil es etwas war, das jeder anderen auch widerfahren konnte, etwas, das andere genau wie sie verstehen, erörtern und beurteilen konnten. Dies aber konnte sie mit niemandem teilen und schon gar nicht mit ihrem Mann, der jetzt im Wohnzimmer auf sein Abendessen wartete, während er die Zeitungen des Tages las.

Ein kalter Hass erfasste ihre Sinne. Nichts ahnend saß er da und wartete auf die abendliche Gemütlichkeit, ohne dass man es ihm vorwerfen konnte. Aber wenn man sich verraten fühlt, *ist* man verraten.

Sie stand auf und widmete sich wieder dem Essen. Schnitt die Koteletts, bereitete die Sauce zu. Der Hass durchdrang ihr Gemüt wie eine leuchtende, helle Flamme und zwang ihre Gedanken so weit von ihren üblichen Bahnen weg, dass es ihr vorkam, als stünde hier eine ganz andere Frau als jene, die vor einer halben Stunde oder weniger auf das Wohnzimmer zugegangen war, um einen Anruf entgegenzunehmen. In diesem grellen, kalten Licht sah sie die Gestalt eines fremden, bedeutungslosen Menschen, der ihren Verstand bewunderte, dem ihr Essen schmeckte und der sich ihrem Umfeld anbiederte, das nicht das seine war. Wie ehrfürchtig er die große, gediegene Wohnung der Eltern betreten hatte, er, der Arbeiterstudent, der Aufstrebende, der versuchte, in jene Kultur vorzudringen, in die sie hineingeboren und in der sie aufgewachsen war. War sie je mehr als ein Mittel zum Zweck für ihn gewesen, um endgültig jene Gesellschaftsschicht hinter sich zu lassen, der er angehörte? Dafür nahm er auch gern das Bein in Kauf! Wahrscheinlich war es ihm nicht möglich gewesen, ein Mädchen zu erobern, das sowohl kultiviert als auch wohlgestaltet war.

Der Hass ist ebenso frei von Vernunft wie die Liebe. Sein Feuer ist kalt und brennt doch bösartig. Es gab einen anderen Mann, einen Schatten von ihm, den sie jetzt gezwungenermaßen vor ihrem inneren Auge heraufbeschwören musste, einen, der sie mit seiner sanften Stimme und seinen gutmütigen warmen Händen ins Licht gehoben und abgeschirmt und ihr geholfen hatte zu vergessen. – Er durfte nichts merken, und vielleicht (mit einer kleinen hoffnungslosen Hoffnungsflamme) konnte alles nach und nach wieder so werden wie vorher. Sie würde das Essen servieren und ihn mit einer ganz normalen Stimme fragen, wer angerufen hatte. Es wäre äußerst seltsam, es nicht zu tun, das würde sein Misstrauen wecken. Misstrauen wogegen? Sie könnte mit einem leichten Lächeln sagen: Ich habe gehört, wie du gesagt hast, ich würde nicht tanzen, aber ich *kann* durchaus tanzen, obwohl ich das lahme Bein habe. – Vielleicht wird sogar alles besser als vorher, wenn nichts mehr zwischen uns steht, über das wir nicht reden können?

Und sie sagte sich selbst, dass er sie weder mehr noch weniger lieben würde als vorher, denn er hatte sie nun einmal – und das wussten alle – *trotzdem* geheiratet. Ihr Hass und die damit einhergehende quälende und falsche Hellsichtigkeit verschwanden langsam wieder. Vielleicht hatte er es sogar so laut ausgesprochen, um ihr zu helfen? Doch beim Gedanken daran, dass er womöglich schon die ganze Zeit von ihrer Angst gewusst hatte, darüber zu sprechen, wurde sie von einer unverständlichen Scham erfüllt, die unerträglicher war als alles andere.

Sie zog das Kochen in die Länge und hatte beinahe das Gefühl, ein übermächtiger Feind würde dort drüben in dem gemütlichen Wohnzimmer auf sie warten. Sie war gezwungen, hinüberzugehen und den Tisch zu decken, aber wie sollte sie ihm in die Augen sehen und sich natürlich verhalten?

Panisch legte sie das Fleisch auf die Platte, stapelte die Teller auf dem Tablett, vergaß Salz und Pfeffer und ging durch den langen Flur, ihren eigenen Schritten lauschend, den hinkenden Schritten, die er jetzt näher kommen hörte, wie jeden Abend und doch wie an keinem anderen.

Er legte die Zeitung beiseite und lächelte sie an. »Das riecht gut«, sagte er. Sie fing an, den Tisch zu decken, ohne ihn anzusehen. Sie bildete für sich den Satz, den schwierigen, bedeutungsschwangeren Satz: Ich habe gehört, dass jemand angerufen hat, wer war es denn?

Sie zögerte es ein wenig hinaus. Beim Essen, dachte sie, während er mit dem Essen beschäftigt ist, dann sieht er mich nicht an.

Sie ging hinaus, um die Gläser zu holen, und spürte, wie sein Blick gnadenlos über ihre Gestalt glitt und ihre Bewegungen hemmte, sodass das kurze, verkümmerte Bein unfrei und linkischer als sonst über den Flur humpelte. Die Tränen brannten hinter ihren Lidern, Tränen des Hasses und der Scham, denen sie nie freien Lauf lassen konnte.

Als sie sich gegenübersaßen, räusperte er sich, als wollte er etwas sagen, und sah sie forschend und erstaunt an. Kopflos, in panischer Angst stieß sie die Karaffe um, und das Wasser floss über die Decke.

»Was machst du nur? Warte, ich helfe dir.« Seine Stimme klang freundlich und leicht verwundert, und sie ließ ihn den Lappen holen und saß reglos da und sah zu, wie er sorgfältig alles aufwischte, während ihr Herz zu einem harten kleinen Klumpen schrumpfte: Er versteht wirklich gar nichts, er hat nicht die geringste Ahnung davon, was ich durchmache. Und plötzlich hatte sie das Gefühl, er wäre völlig fremd, ein Mensch, mit dem sie rein zufällig in diesem Raum saß, und während sie sich gänzlich von ihm befreite, und von ihrer Liebe zu ihm, von ihrem Zusammenhörigkeitsgefühl, beschloss sie aus ihrer tiefen Einsamkeit heraus erneut zu fragen, wer angerufen hatte – sie öffnete bereits den Mund, als sich ihre Blicke trafen. Sie sahen sich einen Moment schweigend an. Seine Augen waren gutmütig, bedrückt und wissend. Eindringlich suchten sie nach etwas, vielleicht nur nach einer Bestätigung. Wofür? Die Worte hielten vor ihren Lippen inne. Sie würden nie ausgesprochen werden.

Traurig und aus weiter Ferne lächelte sie ihn an. Es ist vorbei, dachte sie, noch nicht jetzt, auch nicht morgen, vielleicht wird er nie erfahren, dass es vorbei ist.

»Ich bin heute etwas müde«, sagte sie entschuldigend, und sie begannen zu essen, während sie es sorgfältig vermieden, einander in die Augen zu sehen.

SEINE MUTTER

Die alte Dame erwartete Besuch. Wobei es eigentlich nicht ganz passend scheint, sie als »Dame« zu bezeichnen, obwohl sie aufgrund ihrer Herkunft zweifellos Anspruch auf diesen Titel erheben kann. Unter einer »alten Dame« stellt man sich jedoch unwillkürlich etwas Liebenswürdiges und Mildes und Weißhaariges vor, oder wenigstens etwas Vornehmes. Aber liebenswürdig ist nicht das richtige Wort, und mild kann man sie auch nicht nennen, und sie ist viel zu klein und krumm und ungepflegt, um als vornehm zu gelten. Sähe man sie außerhalb dieser düsteren, mit Teppichen ausgelegten Zimmer, zwischen den schweren und soliden Möbeln, mit denen sie verwachsen scheint und die bald in den neuen, hellen Wohnungen der Söhne stehen und sie als Einzige vermissen werden, dächte man schlicht und ergreifend: Dort geht eine alte Frau, oder sogar: Dort geht eine *arme* alte Frau, denn sie hat sich schon seit Jahren nichts mehr geleistet, abgesehen von diesem topfförmigen Hut, den sie einem Trödelhändler im letzten Frühjahr für drei Kronen abkaufte, und dem sonderbaren Kleid, das eine Näherin für einen Lohn von fünf Kronen aus dem zwanzig Jahre alten Mantel ihres Mannes nähte (sie hatte ein großes Talent, billige Arbeitskräfte aufzutun), und das Innenfutter verwandelte sie sogar in eine Art Kittel mit Ärmeln aus einer mottenzerfressenen alten Gardine. – Und nun hofft sie, dass sie bis an ihr Lebensende keine Kleidung mehr kaufen muss, denn heutzutage bekommt man ja nichts mehr für sein Geld, und für wen sollte sie sich auch hübsch machen –

Es war Sonntag, und sie erwartete Besuch von ihrem jüngsten Sohn, der Student war und eigentlich noch zu Hause wohnte, an den meisten Wochentagen jedoch bei irgendwelchen Freunden übernachtete. Er war siebenundzwanzig Jahre alt, und sein Studium zog sich in die Länge, weil der Vater vollkommen unerwartet gestorben war, der Witwe nur einen notdürftigen Unterhalt und seinem Sohn rein gar nichts hinterlassen hatte. Deshalb musste er tagsüber arbeiten und abends lernen. Eine vorzeitige Auszahlung seines Erbes kam nicht infrage. Obwohl sie sehr religiös war, hasste die Mutter alles, was sie daran erinnerte, dass sie einmal sterben würde, und beim Wort »Erbe« kamen ihr Vorstellungen von undankbaren Kindern, pietätlosen Leichenschmäusen, Ohnmacht und Dunkelheit. Er tut gut daran, für sich selbst zu sorgen, dachte sie, junge Menschen sollten nicht zu viel Zeit übrig haben –

Zeit für Mädchen hatte er aber trotzdem, wie auch immer er das anstellte.

Sie fächelte vorsichtig mit einem Staubwedel über das Porträt ihres Mannes, über dem ein Kranz aus kleinen blauen und gelben Trockenblumen hing, mit glänzenden, flirrend grünen Buchenblättern dazwischen. Sie erstarrte ein wenig vor dem Bild und verschmolz für einen Moment auf eine so natürliche Weise mit den Dingen, dass sie dem Tod näher war als im Schlaf. Dann bekam die Wirklichkeit ihren zähen und doch gebrechlichen Leib erneut zu fassen, und sie schüttelte sich kurz und suchte Hilfe bei den ruhigen, fast munteren Augen über dem Pastorenkragen. »Die jungen Leute besitzen keinen

Ernst«, sagte sie schwermütig, »keine Demut gegenüber dem Leben, kein Verantwortungsgefühl.«

Sie hoffte dennoch aus tiefstem Herzen, dass die beiden bis zur Hochzeit die Hände voneinander lassen konnten. Nie würde sie den furchtbaren Tag vergessen, als sie etwas im innersten Fach der Geldbörse des Jungen fand, etwas, über dessen Verwendung nicht der geringsten Zweifel bestand, selbst wenn man mit einem Pfarrer verheiratet gewesen war und sanftmütig alle Kinder empfangen hatte, die man nach Gottes Willen haben sollte. – Weinend hatte sie an jenem Abend mit dem kleinen, sterilen, knisternden Tütchen zwischen zwei Fingerspitzen auf ihn gewartet: Aber Asger, bist du jetzt so tief gesunken, hast du denn gar kein Vertrauen mehr zu deiner Mutter?

Bei dieser Erinnerung wurden ihre Augen finster und zornig, während sie den Porzellannippes auf dem Sekretär mit dem Staubwedel bearbeitete. Anschließend zog sie ächzend einen Stuhl unter den Kristallleuchter, hob ihr Kleid an, sodass ein paar kurze, dicke, krumme Beine in schwarzen Strümpfen zum Vorschein kamen, und stieg auf einen Stuhl, von dem aus sie, derart in die Länge gestreckt, wie man es ihr nie zugetraut hätte, einen mit Lappen umwickelten Besenstiel in Richtung des schwach klirrenden Leuchters hob, bis es ihr tatsächlich gelang, ein wenig Staub auf die gehäkelte Decke zu rütteln, die zur Feier des Tages auf dem großen runden Mahagonitisch lag.

Um drei Uhr hatte er mit dem jungen Mädchen kommen wollen. Jetzt war es fast vier.

Sie krabbelte wieder vom Stuhl, blieb eine Weile stehen und ließ ihren Blick über das Wohnzimmer schweifen, um weitere Staubkörner zu entdecken, die für ihre schwachen

Augen sichtbar waren. Sie erblickte die strengen, erstarrten Gesichtszüge ihrer Schwester, die das Zimmer in unterschiedlichen Lebensaltern und fotografischen Ausführungen aus allen Blickwinkeln betrachtete. Die alte Frau seufzte lange und aus tiefem Herzen beim Gedanken an die Behandlung, der dieses arme Geschöpf in der Nervenheilanstalt vermutlich ausgesetzt wurde, ohne dass es jemand anderes jemals erführe, weil die Schwester nicht länger in der Lage war, einen einzigen Gedanken aus dem undurchdringlichen Morast ihres Trübsinns zu befreien. »Arme kleine Agnes!« Von dort aus glitten ihre Gedanken weiter zu den zahlreichen Nachkommen ihrer Schwester, deren Ältester, den sie allerdings zuletzt als kleines Kind gesehen hatte, derzeit mit einer schlimmen Lungenentzündung darniederlag, und obwohl es heutzutage Mittel dagegen gab, konnte man nie wissen. Die Wege des Herrn sind unergründlich.

Das Leben der alten Frau war voller Unglücke, und das jüngste erschien ihr immer am schwersten. Sie zog sie magisch an und stöberte sie mit wahrem Talent auf. Die Familie war groß, wenn man die Nichten und Neffen und angeheirateten Verwandten mitzählte. Und irgendwo gab es immer ein Totgeborenes oder einen erwachsenen Sohn auf Abwegen oder eine Tochter, die ein uneheliches Kind zur Welt brachte. Und auf geheimnisvolle Weise wusste die Alte es immer augenblicklich, und es ging ihr jedes Mal genauso nah ans Herz und war genauso kummervoll und schwer zu verwinden. Ach du je, was man alles mitmacht, wie gut, dass Vater das nicht mehr erleben muss! Es war wirklich ungeheuerlich, was sie alles bewältigen musste; selbst die Sorgen der Nachbarn und die eher fernen Unglücke, die sie in Gesprächen mit den Verkäuferinnen im Laden oder den Nachbarn aufschnappte, trafen sie hart. Doch nach und nach verschwamm alles miteinander, und als ihre Schwester in ihrem Wahnsinn jede Verbindung zu anderen Menschen verlor, erschien ihr das nicht viel schlimmer als die Nachricht, dass das Kind einer Verwandten (das sie noch nie gesehen hatte) mit dem Fahrrad gestürzt war und sich das Bein gebrochen hatte.

Als sie den Schlüssel im Schloss hörte, fasste sie sich ans Herz, als rechnete sie mit der Nachricht vom Tod eines nahen Angehörigen. »Du lieber Gott«, murmelte sie und trippelte, auf ihren kurzen Beinen von einer Seite zur anderen wackelnd, in die Küche, um den Teekessel vom Herd zu nehmen, den sie schon vor einer Stunde auf die Gasflamme gestellt hatte, und jetzt war das Wasser fast verkocht und die Küche voller Dampf. Mit einem Jammern, als würde das Haus brennen, hob sie erneut ihr Kleid, kletterte auf den Küchenstuhl und langte mit dem Besenstiel über den Küchentisch, um das Fenster aufzustoßen, obwohl sie wusste, dass sie es nicht mehr mit dem Haken befestigen konnte und auf diese Weise schon mehrere Scheiben zertrümmert hatte –

●●●

Sie ging vor ihm in das dunkle, erwartungsvolle Zimmer, und ihre klaren, kühlen Augen vertrieben alle Beklommenheit und Schwermut. Altes Gerümpel, registrierten sie, abgesehen von einem schönen moosgrünen Ecksofa und einem Nähtisch mit hübschen Schnitzereien. Ich wüsste zu gern, ob sie etwas davon loswerden möchte, wenn wir heiraten, dachte sie, was will so ein alter Mensch bloß mit all diesen Möbeln?

Plötzlich fuhr seine Mutter über sie herein wie ein kalter Windstoß. Mit einer peinlichen Herzlichkeit zog die Alte sie zu sich herab und drückte ihr einen feuchten Kuss auf beide Wangen: »Guten Tag und herzlich willkommen, ich hoffe, Sie werden sich hier wohlfühlen.« – Aber ihre Stimme klang wehleidig und betrübt, als sähe sie bereits voraus, dass sich diese Person in den nächsten Stunden nicht nur erbärmlich fühlen würde, sondern ihr Besuch sogar zu neuen Unglücken ungeahnten Ausmaßes führen könnte.

Die junge Frau, die normalerweise nicht zur Schüchternheit neigte, fühlte sich mit einem Mal seltsam unbeholfen, wie sie dort stand und vor dieser kleinen alten Frau aufragte, deren brauner Blick wie ein flügelloses Insekt an ihrer gesunden Gestalt auf- und abkroch und ihr bereits ein wenig von ihrer Frische entzogen hatte, als er oben ankam und sich die beiden braunen Augenpaare trafen und ein schwaches Gefühl von Angst die Jüngere überrumpelte, während der seltsame Versuch eines Lächelns die schwerfälligen Züge der Mutter auflöste: Jaja, seufzte sie, es ist wohl besser, wenn wir einander duzen, setz dich doch, dann werde ich uns einen Tee kochen (obwohl wir garantiert alle tot umgefallen sind, bis er fertig ist).

Asger nickte ihr aufmunternd zu, als sie sich mit dem Rücken zum Klavier auf den Klavierhocker setzte. Er saß im Schaukelstuhl am Fenster. Die alte Frau war seine Mutter. Sie hatte ihn einst an ihre Brust gelegt. Sie war sogar selbst einmal jung gewesen, so unvorstellbar das auch schien. Seine Augen waren blau, und um seine Mundwinkel herum lauerte immer ein zitterndes Lächeln. Sie liebte ihn. Er ähnelte dieser traurigen alten Frau ja kein bisschen, nicht im Geringsten. Zwischen diesen Möbeln war er als Kind umhergekrabbelt. Er betrachtete die Dinge hier auf eine ganz andere Weise als sie. Natürlich. An der Wand zwischen den Fenstern hing ein Gemälde von ihm als Kind. Sie deutete darauf:

»Was für ein reizender Junge du warst.«

»Ich sehe meinem Vater ähnlich«, sagte er und deutete auf das trockenblumenbekränzte Porträt über dem Sekretär, »findest du nicht?«

Sie stand auf und ging hinüber und betrachtete die hellen, freundlichen Augen, und ihre Laune besserte sich wieder, denn es stimmte; dem Vater sah er ähnlich. Sie trat zu Asger und strich mit den Fingern durch sein dickes braunes Haar. Sie konnte nur schwer für längere Zeit von ihm getrennt sein.

»Ist deine Mutter immer so – betrübt?«, fragte sie vorsichtig.

Er überlegte. Dann erklärte er: »Sie kommt aus einer anderen Zeit, verstehst du, sie könnte fast meine Großmutter sein. Mein ältester Bruder wird bald fünfzig.«

Er lachte und deutete mit dem Kopf auf das Foto seines Vaters:

»Der Alte war kaum zu bremsen«, sagte er.

Sie lachte ebenfalls und blickte auf ihre Armbanduhr. Draußen schien die Sonne. Direkt vor dem Fenster. Es sah aus, als würden ihre Strahlen vergebens und in bester Absicht das Fenster treffen, wo sie allerdings aufgeben und stattdessen die Mauer herunter und wieder ins Weltall zurückwandern mussten. Aber vielleicht war es hier vormittags sonnig.

Das Kind eines alten Mannes, dachte sie plötzlich und erinnerte sich an einen Satz aus irgendeinem Gedicht: von müden Lenden geboren. Dann erschrak sie über ihren eigenen Gedanken und musste vor ihm auf die Knie gehen und seinen

Kopf zwischen die Hände nehmen und seinen schönen Mund ansehen, und die müden Augen mit dem fernen Blick, und die langen Hände, die nur so schwer stillhalten konnten und unablässig an einer Pfeife oder Zigarette herumnesteln oder in allen Taschen nach Tabak oder Kleingeld kramen mussten. Er war sehr zerstreut und etwas zögerlich, wie ein Mensch, der nie mit allen Sinnen an dem Ort ist, an dem er sich gerade aufhält.

Er küsste sie nicht, sondern blickte nervös zur Tür hinüber.

»Pass auf«, sagte er hastig, »jetzt kommt Mutter.«

Er sprang auf und nahm seiner Mutter das Tablett ab. So groß und schwer, wie es war, grenzte es an ein Wunder, dass sie derart weit damit gekommen war.

Das junge Mädchen stand ebenfalls auf, errötete leicht und begann, die Tassen auf den Tisch zu stellen, während die Mutter sich setzte und verschnaufte.

»Asger«, sagte sie im Jammerton, »könntest du vielleicht für mich den Fensterhaken in der Küche einhängen?«

Als er das Wohnzimmer verließ, konnte man seinem Rücken ansehen, dass er sich beobachtet fühlte, und sie spürte eine plötzliche Zärtlichkeit in sich aufsteigen angesichts seiner charmanten Unbeholfenheit, seines verträumten, unwirklichen Blicks auf das Leben und seiner strahlenden Fähigkeit, sich an den kleinen Dingen zu erfreuen, angesichts der Lachfältchen um die Augen, die er sicher von seinem Vater geerbt hatte, denn seine Mutter konnte bestimmt nicht lächeln, ob sie in ihrem Leben jemals gelacht hatte?

Unsicher lächelte sie die alte Frau an, die langsam und betrübt zurücknickte. »Dann müssen wir wohl hoffen, dass es diesmal gut geht«, sagte sie.

»Ja«, antwortete das Mädchen sanft, und ein Schatten zog durch ihre empfängliche Seele, ein Abglanz dieser Augen, die so voller Unglück waren, erreichte ihren eigenen offenen und fragenden Blick, ein wenig unsichtbarer Staub legte sich auf ihre Züge, als würde sie für einen Moment mit der stummen Bilderschar verschmelzen, die hier ihr Schattendasein führte, auf den Möbeln und Fensterbänken, wo sich anscheinend keine Blumen wohlfühlten.

Die Mutter schenkte ihnen Tee ein, nachdem Asger hereingekommen war, und sie hatte genauso schmutzige Fingernägel wie er, aber bei ihm lag es ja an der ganzen Fummelei mit der Pfeife oder vielleicht auch an seiner Zerstreutheit, jedenfalls war es nicht schlimm. Aber eine alte Frau, dachte sie, sollte doch zumindest auf Reinlichkeit achten.

Die drei saßen um den großen runden Tisch, so weit voneinander entfernt, dass sie aufstehen mussten, um die Platte mit den Keksen oder die feine blaue Zuckerschale zu erreichen. Das junge Mädchen fror an seinen nackten Sommerbeinen und wirkte blass neben der dunklen braun gegerbten Haut der Alten. Asger nahm sich zweimal Zucker und rührte in seiner Tasse weiter, nachdem er sich längst aufgelöst hatte. Man musste ihm eine Sache immer mehrmals sagen, bis er seinen Blick von dem fernen Punkt löste, an dem er verharrte, ruckartig den jungen Kopf bewegte und denjenigen ansah, der ihn ansprach: »Entschuldigung, was hast du gerade gefragt?« Normalerweise fand sie das charmant, und manchmal schwenkte sie scherzhaft die Hand vor seinen Augen, wie man es normalerweise macht, um zu prüfen, ob ein Mensch bei Bewusstsein ist, aber das reichte nicht immer, um ihn wieder in die Gegenwart zurückzuholen. Zurück woher?

Natürlich langweilte er sich bei seiner Mutter, es war unglaublich trist hier. Die Alte erzählte mit ihrer dunklen, eintönigen Stimme von den jüngsten Unglücken. Von dem kleinen Mädchen, das vor einigen Tagen die Hintertreppe hinuntergefallen war, und von ihrer Schwester, die nicht mehr ansprechbar war. »Aber geisteskrank ist sie auf keinen Fall, denn man sieht deutlich, dass sie mich erkennt, aber umso unglücklicher muss sie sich ja an einem solch furchtbaren Ort fühlen!«

Asger lächelte sanft. »Tante Agnes war aber doch schon immer etwas sonderbar«, sagte er.

Er aß mit gutem Appetit, die junge Frau hingegen litt über ihrer Teetasse. Ihr wurde übel. Das kam hin und wieder vor, auch von Krankenhausgeruch. Sie bat Asger um eine Zigarette und sog den Rauch so gierig in ihre Lungen, als wäre es frische Luft.

»Herrje, Sie rauchen auch!«, sagte die Mutter entsetzt, und plötzlich sah das Mädchen sie mit harten Augen an und dachte: Du wirst ihn mir nicht nehmen, verwundert über ihren eigenen Gedanken, denn natürlich konnte nichts sie davon abbringen, Asger zu lieben, oder dazu führen, dass er sein Herz und seine Gedanken von ihr abwendete.

Die Fotografien starrten ins Wohnzimmer. Vergilbte, halb verwischte Männer mit Vatermördern und Vollbart, und moderne, künstlerische Aufnahmen von Kindern mit verschönernden Licht- und Schatteneffekten. Dunkle und helle Augen, ernste und lächelnde Gesichter, einige mit demselben grüblerischen, schweren Blick wie Asgers Mutter, andere mit ziemlich leeren, ausdruckslosen Augen, als würden sie diese Möbel, die sie einmal berührt und auf denen sie gesessen hatten, vom Jenseits aus betrachten. Bald würde sie selbst zwischen ihnen stehen, sie kennen und zu ihnen gehören. Und ihre eigenen Kinder würden bis in alle Ewigkeit zu dieser Familie gehören und manche Ähnlichkeiten mit ihr teilen.

Jetzt steht die Mutter auf und zeigt die Familie vor, die Toten wie die Lebenden. Auf dem hübschen Nähtisch stehen ihre drei Schwiegertöchter, lächelnd und ein wenig abseits der anderen, als distanzierten sie sich von dieser ganzen angestaubten Schar. Die eine hat ein gutmütiges, rundliches Gesicht und trägt eine Brille. Bestimmt kommen sie sonntags oft mit den Söhnen und Kindern hierher. Sie sind mit dem runden Tisch vertraut, mit den Küssen und den Klagen der Alten, vielleicht lachen sie sogar über sie und erinnern sich an das erste Mal, als sie hier waren und die Schwiegermutter ihnen Angst eingejagt hatte, jung und verliebt, wie sie damals waren. Für eine weitere Fotografie ist wohl noch Platz auf dem Nähtisch, und für ein paar Enkel auf dem Klavier.

Asger sitzt im Schaukelstuhl und stopft seine Pfeife, während seine Mutter umherhuscht und Bilder zeigt. Er wartet bestimmt auch ungeduldig darauf, von hier wegzukommen, aber er beherrscht sich, wie man es den eigenen Eltern gegenüber nun einmal zu tun pflegt. »Ich bin ja ihr Jüngster«, hatte er zu ihr gesagt, »deshalb hält sie mich immer noch für ein Kind.«

»Ja, und das hier ist Tante Agnete, die letztes Jahr starb, sie musste am Ende so schrecklich leiden – und das ist mein ältester Sohn, der ist Arzt in Holstebro.« Dieser Arzt hat einen konturlosen, schlaffen Mund und so helle Augen, dass sie auf dem Bild völlig ausdruckslos wirken. Ob er wohl seinem Vater oder seiner Mutter ähnelt? Der nächste, der Lehrer an einer Højskole ist, ähnelt eindeutig der Mutter, aber auf eine verfeinerte, kummervolle, lebensuntaugliche Art und Weise. Die braunen Augen betrachten das junge Mädchen fragend.

»Er sieht Asger gar nicht ähnlich«, sagt sie und könnte darüber vor Glück weinen, ohne zu wissen, warum.

Sie blickt zu dem Mann, den sie liebt. Er hat die übereinandergeschlagenen Beine auf dem Tisch mit seinen drei Schwägerinnen abgelegt und liest Zeitung, dahinter steigt blauer Pfeifenrauch auf. Sein Kinn bildet dort, wo es in den Hals übergeht, einen scharfen Winkel. Das deutet auf einen festen Charakter und Entschlossenheit hin. Ja, das Kinn schon –

Die Galerie ist endlos. Draußen scheint die Sonne. Sie möchte Asger vorschlagen, anschließend einen Ausflug in den Wald zu machen, dann werden sie auf seinem Mantel liegen und in all das Feine, Hellgrüne hinaufsehen, bis die Kühle sie näher zusammenzwingt und er sie mit seinem gesunden jungen Körper wärmen und diese merkwürdige Angst aus ihr vertreiben und ihr versprechen wird, dass er sie nie wieder mit zu seiner Mutter nimmt oder jedenfalls nur an Geburtstagen oder Ähnlichem, wenn die anderen auch da sind. Im Übrigen könnte er sie auch ein bisschen unterstützen, anstatt nur teilnahmslos dort herumzuhocken. Plötzlich irritiert es sie, dass er es sich überall bequem machen kann, nicht unbedingt, weil er gern dort ist, sondern wegen irgendetwas in seinem Wesen, zu dem man nie ganz vordringt und das er immer in sich trägt. Anfangs hatte sie gedacht, er könne sich nur von ihr nicht richtig losreißen, doch selbst im Kino fiel es ihm schwer, aufzustehen und zu gehen, wenn der Film vorüber war. Er weiß es auch selbst. Das sei so eine Art Trägheit, sagt er.

»Und das ist Tante Agnes, von der ich eben schon erzählt habe. Das war, kurz bevor sie das erste Mal eingewiesen wurde.«

Das Mädchen blickt von der Mutter zum Foto und schnell wieder zurück. Sie kann keinen Unterschied erkennen.

»Aber – wie ähnlich sie Ihnen sieht!«, ruft sie verblüfft aus.

Die Alte nickt bedeutungsschwanger: »Ja, mittlerweile ähneln wir uns tatsächlich, innerlich wie äußerlich, aber das war nicht immer so.«

Sie wackelt zum Sekretär und zieht ein altes, ausgeblichenes Foto von einem jungen Mädchen aus einer Schublade. Es ist ein sehr hübsches Mädchen mit blondem, hochgestecktem Haar und einem schmalen Samtband um den nackten Hals. Seine Stirn ist hoch und breit, die Augen sind schräg und braun, der Mund kurz vor einem geheimnisvollen Lächeln.

»Hier ist Agnes 22 Jahre alt.«

Zögernd nimmt das junge Mädchen das Bild in die Hand und betrachtet es lange. Dann sagt sie ins Blaue hinein:

»Seltsam, ich finde, sie ähnelt – ich meine, irgendwie besteht da eine gewisse Ähnlichkeit mit – «

Plötzlich kriecht ein eisiges Gefühl an ihren Beinen hinauf, und die beiden Frauen sehen zu Asger hinüber, der gerade seine Pfeife reinigt und nichts sieht und nichts hört. Dann nickt die Alte:

»Ja, irgendetwas mit dem Mund«, sagt sie mit einem schwachen Triumph, oder vielleicht auch bloß mit jener Zufriedenheit, die alle Eltern spüren, wenn sie ihre eigenen Züge in denen der Kinder wiederfinden. Aufmerksam blickt sie zu dem Mädchen auf und wiederholt dann mit einer etwas lauteren Stimme: »Die Ähnlichkeit um den Mund herum ist wirklich frappierend.«

Und seine Liebste versteht es nicht und weiß nicht, warum es so schrecklich ist. Weiß nicht einmal, ob es wirklich so ist, oder sein wird, nachdem sie dieses Zimmer und diese Stimmung hinter sich gelassen hat; doch eine nie gekannte Angst umhüllt sie unbarmherzig, während sie erkennt, dass das junge Mädchen auf dem Bild – sie, die später wahnsinnig wurde – einen kleinen, schwachen Mund mit Lachfältchen hat, die sich bis in die Wangen ziehen, genau wie Asger.

Er holte tief Luft, als sie auf die Straße traten.

»Na, war es schlimm?«, fragte er gutmütig scherzend, und als sie nicht antwortete, setzte er hinzu: »Aber wir mussten es ja hinter uns bringen – und was wollen wir jetzt unternehmen? Ist es zu spät, um noch in den Wald zu fahren?«

Er ist bester Laune. Er hat etwas Langweiliges überstanden. Doch das Mädchen sieht ihn von der Seite an, und die Tränen steigen ihr in die Augen, weil der Mund, den sie liebte, für sie zerstört ist. Aber vorerst nur der Mund.

Dann sagt sie: »Nein, ich bin ein bisschen müde, weißt du, ich glaube, ich würde lieber nach Hause gehen.« Und sie hat es eilig, nach Hause zu kommen und allein zu sein, ehe die Tränen richtig hervorbrechen – die Tränen über etwas, das vielleicht noch nicht völlig zerstört ist, aber auf jeden Fall nie wieder so sein wird wie vorher.

Doch oben hinter der Gardine steht die Mutter und sieht ihnen nach, unbeweglich und unbemerkt. Eine finstere Leidenschaft erfüllt ihre dunklen Augen. In der Hand hält sie noch immer das Bild ihrer kranken Schwester.

KÖNIGIN DER NACHT

Grete hielt den Spiegel, während ihre Mutter sich puderte und eine Perücke aus weißen Engelslocken auf ihre Stirn presste.

Sie kniete der Mutter gegenüber auf einem Stuhl, hing über der Tischplatte und guckte mit offenem Mund und Augen, die vor Begeisterung rund und glänzend waren, hinter dem Spiegel hervor.

»Oh, ist die aber schick«, sagte sie.

»Pssst, du weckst deinen Vater«, flüsterte die Mutter nervös und zog die Stirnhaut zu Falten nach oben, um die Augenbrauen mit einem dicken, fettigen Stift zu schwärzen. Sie drehte den Kopf und schielte zum Spiegel hinüber, um zu sehen, wie weit der Strich an der Schläfe hinabreichen sollte. Ihre Haut wirkte fast kaffeebraun im Kontrast zu der weißen Perücke. Grete streckte die Hand aus.

»Darf ich sie mal anfassen?«, flüsterte sie.

»Halt bloß den Spiegel richtig.«

Grete zog die Hand zurück.

»Au«, rief sie verblüfft.

Das weiße Seidenhaar pikste in die Fingerspitzen.

Der Vater bewegte sich hinter ihr auf dem Sofa, und sie erstarrten beide, bis er wieder ruhig war.

Das Kind setzte sich auf den Tisch, weil es Bauchschmerzen davon bekam, über der Kante zu hängen. Neben ihm lag ein orangefarbener Lippenstift, der zu weißem Haar passte, und eine Dose mit schwarzer Augenschminke, die in der Mitte feucht von Spucke war. Schwarz und rot und weiß und silbern. Es raschelte lieblich, als sich die Mutter bewegte, und es duftete herrlich. Im Hintergrund lag der Vater und schlief. Er hatte heute Nachtschicht, und die Mutter musste zusehen, rechtzeitig in der Frühe wieder da zu sein, bevor er von der Arbeit nach Hause kam. So ein Karneval konnte schon mal die ganze Nacht dauern, aber das verstand ein Mann nicht. Männer gingen ja auch nicht zum Karneval. Zwar waren einige Männer in der Zeitschrift abgebildet, in der die Mutter das Schnittmuster für ihr Kostüm gefunden hatte, aber die sahen einfach nur albern aus. Männer gingen zur Arbeit, und wenn sie zu Hause waren, schliefen sie. Karneval war etwas für Damen.

Grete war froh, kein Junge zu sein.

Endlich konnte sie den schweren Spiegel ablegen und ihre Mutter bewundern, die vor dem Wohnzimmerbüfett stand und mit beiden Händen den schwarzen Tarlatan hob, um zu zeigen, dass ihr der Rock bis über den Kopf reichte. Grete wurde ganz rot darüber, wie schön sie aussah. Nichts an Hals und Schultern, alles andere im Überfluss eingehüllt in elf Meter rauschenden Tarlatan, für eine Krone den Meter (aber dem Vater gegenüber hatten sie gesagt, die Hälfte). Der Stoff war über und über mit schimmernden Silberpailletten bestreut, jede einzelne von Hand angenäht, und sie glitzerten im Licht der schirmlosen Glühbirne an der Decke, wenn die Mutter sich drehte, langsam und raschelnd, duftend und unwirklich in diesem kleinen Wohnzimmer.

Sie lächelte ihre Tochter an, vorsichtig, damit sich keine Risse in der Schminke bildeten.

»Königin der Nacht« hieß das Kostüm. Es war das schönste in der ganzen Zeitschrift. Im letzten Jahr war die Mutter als »Kutscher aus dem neunzehnten Jahrhundert« gegangen, in blauem und gelbem Satin mit einem hohen schwarzen Papphut und kurzen Jungenhosen. Die komplette Ausstattung hatte nur zwei Kronen gekostet, aber der Vater hatte trotzdem wie immer ausrechnen müssen, wie viele Päckchen Haferflocken oder Pfund Karotten man dafür hätte kaufen können. So ein Unfug. Haferflocken und Karotten bekamen sie ja wohl trotzdem, und der Mutter war sonst nicht viel Freude vergönnt, und noch dazu konnte sie ja auch nichts dafür, dass der Vater das halbe Jahr über arbeitslos war, weshalb sie bei anderen Leuten putzen musste.

Ohne den Vater hätten sie es schön haben können, davon war Grete vollkommen überzeugt, denn abgesehen von ihm versetzte niemand die Mutter in schlechte Laune – oder höchstens die Nachbarinnen, wenn sie über sie tratschten. Die legten vielleicht einen Eifer an den Tag. Gretes Mutter sagte, sie wären nur neidisch, weil sie so jung geblieben war und nicht daran dachte, auf alle Vergnügungen zu verzichten, nur weil ihr Mann nicht gern tanzte. Wenn Grete vierzehn Jahre alt war, würde die Mutter sie mit zum Karneval nehmen. Bis dahin waren es noch vier Jahre. Dann würde sie auch als »Königin der Nacht« gehen, mit einem Schönheitsfleck auf der Wange und weißen Seidenlocken. Und einem schwarzen Fächer vielleicht. Grete hatte die ganze Straße abgeklappert, um einen zu finden, aber die Faschingsläden hatten nur noch bunte. Eigentlich gehörte der Fächer auch zur »Carmen« in der Zeitschrift, aber die Mutter liebte es, wenn es noch Beiwerk zu den Kostümen gab. Jetzt musste sie sich mit einer kleinen schwarzen Seidentasche begnügen, die sie von einer ihrer früheren Putzstellen hatte, und natürlich der Halbmaske mit Fransen über dem Mund.

Der Vater schlug die Augen auf, also hatte er gar nicht geschlafen, denn dann wachte er normalerweise sehr geräuschvoll auf. Aber sie spürten, dass er dort lag und sie beobachtete, und das Lächeln der Mutter verschwand, während Grete vom Tisch stieg und anfing, den Wundertütenring an ihrem Finger zu drehen. Ihr Herz klopfte laut und erschrocken.

»Ha«, sagte er mit rauer Stimme. »Du siehst aus wie ein Besen, du machst dich ja vollkommen lächerlich, du alte Vogelscheuche.«

Gretes Rücken tat weh, als hätte sie jemand geschlagen. Ihr wurde schwarz vor Augen, so sehr hasste sie den Vater. Sie presste die spitze Metallkrone ihres Ringes in den Mittelfinger, bis ein weißer Abdruck entstand, der langsam rot wurde. Sie wagte es nicht, sich zu rühren, weil sie fürchtete, dass ihre Mutter sonst nicht unbeschadet zur Tür hinauskam. Sie hörte sie hinter sich hastig atmen.

Der Vater setzte sich auf und suchte mit den Füßen unter dem Sofa nach seinen Pantoffeln. In den Falten, die von seiner Nase zum Mund liefen, saß Schmutz. Er ließ die Mutter nicht aus den Augen.

»So solltest du morgen mal zur Arbeit gehen«, sagte er höhnisch, »vielleicht kannst du sogar direkt mit dem Taxi hinfahren, falls du jemanden findest, der verrückt genug ist, dafür zu zahlen.«

Sie antwortete nicht. Grete hörte, wie sie in den Flur hinausging und ihre Jacke anzog. Die Maske lag noch auf dem Tisch, aber das Kind wagte es nicht, damit aus dem Zimmer zu gehen, weil es die Aufmerksamkeit des Vaters nicht auf sich lenken wollte. Wenn er doch nur von einem Baugerüst fiele oder in einer Mergelgrube ertränke, dann würde alles wieder gut werden.

Ihre Tränen tropften langsam auf die fleckige, nackte Tischplatte. Sie biss sich auf die Fingerknöchel und versuchte, an Karneval zu denken. An die »Königin der Nacht« in einer Lichterflut, mit all den anderen Amors und Carmens und Tänzerinnen wie graziösen Schatten rings um sie herum. Ein glänzender Parkettboden und das melancholische Zittern von Violinen. Die »Königin der Nacht« schwebt träumerisch und mit fernen, sanften Augen über den Boden. Pailletten rieseln von ihr herab wie Mondsilber. Sie nimmt Gretes Hand und führt sie in all dieses Licht – –

Die Wohnungstür schlug zu, hastige Schritte flüchteten die Treppe hinunter.

Vorsichtig wandte Grete den Kopf und sah ihren Vater auf dem Sofa sitzen und mit einem ziemlich leeren Blick ins Wohnzimmer starren. Sie stand auf und begann, hinter der Mutter herzuräumen. Es gab keinen Grund mehr, Angst zu haben. Den gab es im Übrigen nie, wenn sie mit ihrem Vater allein war. Manchmal versuchte er sogar, ein wenig mit ihr zu reden, aber er hatte einfach keine Ahnung von Kleidern und Lippenstift und Tanz. Er wollte, dass sie Grimms Märchen las, doch die waren schrecklich langweilig und nur was für kleine Kinder. Sie mochte viel lieber den Fortsetzungsroman in der Zeitschrift »Daheim«. Er handelte von einer reichen jungen Dame, die nicht wusste, ob die jungen Männer sie nur des Geldes wegen haben wollten. Und dann hatte ihr auch noch irgendjemand Gift ins Essen gemischt, aber das wurde erst im nächsten Teil aufgeklärt. Ihre Mutter las den Roman auch. Das war etwas anderes als Zwerge und Trolle, die es in echt gar nicht gab.

Hinter dem Spiegel versteckt, ließ sie den orangefarbenen Lippenstift über ihre Lippen gleiten, zog die Augenbrauen hoch und lächelte zärtlich ihr Spiegelbild an, den Kopf ein wenig schief gelegt. Sie hob ihr glattes Haar von unten mit der Handfläche an und stellte sich vor, wie sie mit einer Dauerwelle aussehen würde. Ihre Mutter hatte ihr zum nächsten Monatsersten eine versprochen, wenn sie ihren Lohn bekam, aber der Vater durfte natürlich nichts davon erfahren. Es würde schwer zu erklären sein, wieso sie auf einmal Locken hatte. Sie hielt sich die Hand vor den Mund und kicherte bei dem Gedanken. Dann sah sie zu ihrem Vater hinüber. Er saß immer noch in derselben Position da, vorgebeugt, die großen Hände ineinander verschränkt, als würde er sich selbst Guten Tag sagen.

Grete stand vom Stuhl auf und ging zu ihm.

»Papa«, sagte sie zögernd.

Er sah sie an. Ganz seltsam. Beinahe, als könnte er sich nicht mehr erinnern, wer sie war. Seine Augen wirkten so traurig. Aber er hätte doch auch nicht dermaßen gemein zur Mutter sein müssen. Und sagen, sie wäre eine alte Vogelscheuche!

Ihr wurde ganz eng ums Herz angesichts dieser Augen. Sie wandte sich ab und hob Stofffetzen und Pailletten vom Boden auf, nahm eine davon in die Hand. Es war nur ein Stück verbeultes Metall.

Der Vater stand auf und warf einen Blick zur Uhr. Er räusperte sich.

»Tja, dann sollte man sich wohl langsam auf den Weg machen«, sagte er mit einer ziemlich alltäglichen Stimme, und

Grete atmete ein wenig leichter und bereute die Sache mit der Mergelgrube. Aber warum musste er ihnen immer solche Angst einjagen? Man konnte ihn nichts fragen und nicht so mit ihm reden wie mit der Mutter, die Grete alles erzählte.

Er zog seine Stiefel an.

»Fürchtest du dich nicht, wenn du allein schläfst?«, fragte er mit dieser seltsam schamerfüllten Stimme, die er hatte, wenn er versuchte, freundlich zu ihr zu sein, obwohl er wütend auf die Mutter war.

Grete warf ihr Haar zurück und lächelte ihn tapfer an. *Ein bisschen* fürchtete sie sich schon, auch wenn das unsinnig war.

»Nee«, antwortete sie unbekümmert, »wenn man schläft, kann man sich doch nicht fürchten.«

Der Vater lachte brummig und heiser, und etwas Helles tauchte in Grete auf: Ach, wäre er doch immer so nett und gut gelaunt.

Dann steckte er seine Brotdose ein und strich ihr unbeholfen über das Haar.

»Was willst du einmal werden, wenn du groß bist?«, fragt er.

»Königin der Nacht«, rief sie begeistert, duckte sich jedoch weg wie vor einer Ohrfeige, als sie die veränderte Miene des Vaters sah. Aber er schlug sie nicht, er wandte sich nur von ihr ab und ging zur Tür hinaus, ohne sich zu verabschieden.

Sie stand eine Weile da und blickte verwirrt die verschlossene Tür an. Dann merkte sie, dass sie fror, ging zum lauwarmen Kachelofen und spähte hinein. Es lag noch Asche vom Morgen davor. Eigentlich sollte sie ins Bett gehen, aber es musste schließlich auch aufgeräumt werden. Warum war der Vater plötzlich so wütend geworden? Hoffentlich kam die Mutter bald nach Hause.

Grete bückte sich und schob die Kostümreste mit der Hand zusammen. Sie hätte in der Küche einen Besen holen und alles auffegen können, aber sie machte nicht gerne Geräusche, wenn sie allein zu Hause war. Sie warf die Reste auf den Aschehaufen und saß eine Weile auf den Hacken und betrachtete ihn. Dann streckte sie plötzlich die Hand aus, hob eine abgeschnittene Locke von der Engelshaarperücke auf und presste sie in ihrer Faust zusammen. Es fühlte sich an wie eine Handvoll Brennnesseln, aber Grete drückte noch fester zu.

Das Haar muss aus Glas gemacht sein, dachte sie und spürte, wie ihr etwas Warmes das Gesicht herunterlief, dabei war es ja vollkommen lächerlich, wegen so etwas zu heulen.

Sie hatte doch schon vorher gewusst, dass es stach.

EIN MORGEN IN EINEM WOHNGEBIET

Es war Herbst, aber das Kind behauptete, es sei Winter, denn es fror und trug zum ersten Mal seinen neuen braunen Wintermantel. Am frühen Morgen wurde es von »Hansen« geweckt, obwohl sein großer Bruder noch schlief. Etwas Außergewöhnliches und Festliches lag in der Luft, aber das Mädchen war so verschlafen, dass es im ersten Moment nicht mehr wusste, was bald mit ihm geschehen würde.

Hansens Stimme war seltsam belegt, und sie streichelte jedes Kleidungsstück wie ein lebendiges Wesen, ehe sie es dem Mädchen anzog. Das Kind wurde wacher und warf einen genaueren Blick auf diesen Menschen, den es schon sein ganzes kurzes Leben lang kannte. »Warum weinst du?«, fragte es erstaunt. Aber Hansen war gereizt und murmelte nur, sie sei krank und davon bekomme man rote Augen. Sie weine gar nicht.

Dann erinnerte sich das Kind plötzlich, was für ein Tag es war, sein kleines rundes Gesicht strahlte, und es plapperte drauflos: »Ich werde mit Papa verreisen, Hansen, weißt du das eigentlich? Darf ich mich von Ole verabschieden? Sind Mama und Papa schon aufgestanden?« Aber Hansen legte den Finger auf die Lippen, schimpfte leise und sagte: »Nicht Ole wecken, dein Vater ist wohl schon auf, aber deine Mutter schläft noch.«

Dann zog sie das Mädchen aus dem dunklen, warmen Zimmer, wo es süßlich und intensiv nach dem Schlaf kleiner Kinder roch.

Das Kind trug sein Geburtstagskleid und wollte sich im Spiegel ansehen. Hansen hob es hoch: »Du hast es gut, dass du mit deinem Vater mitdarfst«, sagte sie, »Ole ist traurig, dass er nicht derjenige ist, das kannst du mir glauben.« – Von der glatten, flachen Fläche des Spiegels starrten zwei neugierige, lebendige Augen in die des Kindes, doch dahinter leuchtete ein erwachsenes, nasses und bleiches Gesicht, und plötzlich schlang die Kleine ihre Arme um den Hals des Kindermädchens. »Wann komme ich wieder nach Hause?«, fragte sie. In ihrer Stimme lag eine winzige, flüchtige Angst. Hansen antwortete nicht, sondern setzte sie vorsichtig wieder auf dem Boden ab und begann ihr langes blondes Haar mit der Hand zu entwirren, die ein wenig zitterte. Kurz darauf gelang es ihr, zu sagen: »Es wird nicht so lange dauern«, mit einer Stimme, die sie selbst für aufmunternd hielt. Plötzlich fielen ihr die vielen Lebensregeln der Dame des Hauses ein. Eine davon lautete: Man sollte Kindern immer die Wahrheit sagen. In diesem Moment hätte Hansen sich lieber bei lebendigem Leib häuten lassen, als die Wahrheit zu sagen. Sie packte der Zorn auf die Mutter dieses Kindes, das sie mehr liebte als alle anderen Kinder, mit denen sie in ihrem bisherigen Leben zu tun gehabt hatte. Sie teilen die Kinder zwischen sich auf, als wären sie Möbel, dachte sie, und als sie oben die schweren Schritte des Vaters hörte: dieser arme Mensch, sie zerstört seine ganze Existenz. – Sie vergaß ihre selbstlose Zärtlichkeit gegenüber der Hausherrin, wenn diese krank war und die Kinder von ihr ferngehalten werden mussten, und wenn sie gesund war und morgens unter der Dusche sang, sorglos und kindlich, die Person, um die sich alles drehte. Diese Sorte Mensch, dachte sie vage, kam jedoch nicht weiter, ehe die Trauer sie erneut überwältigte. Ihre Tränen tropften lautlos hinab ins fedrige Kinderhaar, das wie eine leuchtende Glorie um das geliebte kleine Gesicht schwebte.

Der Vater kam die Treppe herunter, und sie konnte sofort sehen, dass er nicht viel geschlafen hatte. Er hatte dunkle Augenringe, und das junge Kindermädchen wagte es nicht, seinen Blick zu erwidern. Es ging in die Küche hinaus, um Kaffee zu kochen, während die Kleine zu ihrem Vater rannte, der sie auf den Arm hob und versuchte zu lächeln: »Na, Kirsten, willst du mit deinem Vater eine Reise machen?« Sie war wie ein lebendiger Ball aus Freude, sprang wieder auf den Boden und begann die Treppe hinaufzurennen, denn das Ganze wurde erst richtig schön, wenn die Mutter auch dabei war. Der Vater versuchte sie aufzuhalten und sprach leise, genau wie Hansen: »Mama schläft bestimmt noch.« Er blieb am Fuß der Treppe stehen und fuhr sich ratlos durchs Haar, während das Kind ins Schlafzimmer der Mutter rannte, wo es vertraut nach Parfüm und Nacht und Mutter roch. Als Kirsten sich neben die warme, beruhigende Gestalt legte, wurde ihr Gesicht nass, und die leise, unbestimmbare Angst kehrte für einen Moment zurück: »Warum weinst du denn, Mama, ich komme doch wieder?« Die Mutter antwortete nicht, zog das kleine Mädchen jedoch enger an sich. So lagen sie eine Weile zusammen, ganz still, das Kind erstaunt und ungeduldig, die Mutter so sehr von Trauer und Schuldgefühlen gebeutelt, dass ihr ganzer Körper bebte wie ein junger Baum im Sturm. Bebend, aber unverrückbar. Zwischen ihr und dem Kind stand eine unsichtbare

Gestalt, eine unerbittliche Macht. In wenigen Stunden würden zwei starke Arme die zarten unschuldigen Umarmungen des Kindes ersetzen. Eine geliebte Stimme würde trösten und erklären. Die feine Herbstluft im Garten, der Duft der Blumen und das Glück der langen Tage würde den Verlust abmildern, und sie wusste es und fühlte sich schwach und schäbig: »Lieber Gott«, betete sie, »bitte mach, dass dieser Abschied der letzte meines Lebens sein wird.«

Der unruhige kleine Körper entwand sich ihren Armen. Das Kind wollte sie in seine Freude mit einschließen und versuchte die Mutter wie so oft zuvor aus dem Bett zu ziehen, damit alles wieder in Ordnung war. »Komm, steh auf, Mama«, rief es, »du musst den Umzugswagen sehen, und du musst uns zum Abschied winken, ich werde meinen neuen Mantel anziehen, weil Winter ist, Mama, erinnerst du dich noch daran, wie schon mal Winter war und du mit Papa und mir und Ole Schlitten gefahren bist?«

Sie blieb dort oben, während die Mutter sich anzog. Kaffeegeruch stieg ins Zimmer und brachte eine Unruhe mit. Der Bruder des Kindes war aufgewacht. Bald würde er hinaufrennen, um Guten Morgen zu sagen, und wahrscheinlich muffig sein, weil er nicht mit dem Vater mitdurfte. Er hatte eine Arbeit in einer anderen Stadt bekommen! Wie gern sich Kinder doch hereinlegen lassen, wenn sie die Wahrheit nicht verkraften.

Die Kleine blieb gnadenlos stehen, während ihre Mutter sich vor dem Kosmetiktisch frisierte. Bald würden die Umzugshelfer hereintrampeln und die Möbel hinuntertragen, die er gerne mitnehmen wollte. Sie hatte ihn angefleht, alles zu nehmen, im Haus zu bleiben und sie vor die Tür zu jagen, solange sie nur beide Kinder behalten durfte. Väter vergessen ihre Kinder doch immer, wenn sie sie lange genug nicht gesehen haben. Aber was wusste sie eigentlich darüber? Wäre sie sicher gewesen, hätte sie sich wohl auf das Gesetz berufen, das einer Mutter nur selten das Kind nimmt. Doch sie war sich rein gar nichts mehr sicher, und sie war es nicht gewohnt, eigenständig große Entscheidungen zu treffen. Zwei Männer verlangten dieses Opfer von ihr. »Du kannst ihm nicht alles nehmen.« Zwei Männern schuldete sie es. Aber man opfert doch wohl kein Kind? Doch, das tat sie. Sie allein. Die Schuld lag bei ihr, und das unschuldigste Wesen von allen musste dafür zahlen. Hier, in diesem Zimmer, mit dem Kind so nah bei sich, war sie vollkommen allein. Selbst die Möbel schienen sich von ihr zurückzuziehen, all die vertrauten Dinge versanken für einen Moment im Nebel. Ach, wenn doch nur alles wieder so werden könnte wie vorher! Doch es ist nie alles so wie vorher. Leben ist Veränderung: Leidenschaft, Gleichgültigkeit, Tod. Sie hatte Angst vor dem Kind, Angst vor dem ganzen Geschehen, das sie dort unten erwartete: Fräulein Hansens verheulte, vorwurfsvolle, verständnislose Augen, Oles Fragen, das gequälte Gesicht ihres Mannes. Oh Gott, dieses Kind! Wäre es bloß ein wenig jünger oder älter gewesen. – Diejenigen, die wir lieben, dachte sie, während sie ihr blasses Gesicht puderte, was soll ich sagen? Wie soll ich das beenden? Liebster, komm und hilf mir, vielleicht ist es schon zu spät, wenn du kommst. Mit dem Schmerz dieses Morgens werde ich für immer allein sein; du wirst eifersüchtig sein, wenn ich ihn jemals erwähnte. Aber wir sind alle allein. Wir waren drei Erwachsene in diesem Haus, die in all den Jahren so nah beieinander gelebt haben. Wir lieben die Kinder, und sie lieben uns, und jetzt müssen wir sie anlügen. Wie soll ich ein Leben in vollkommener Reinheit führen, wenn die Schritte und die Stimme eines Mannes mein Herz von allem abkehren können, was mir vorher Geborgenheit geschenkt hat? Warum habe ich geheiratet, warum habe ich Kinder geboren? Nichts ist so gnadenlos wie die Liebe.

Sie begegnete den aufmerksamen Augen des Kindes im Spiegel und lächelte es an. Die Tochter sprang auf den Schoß der Mutter und legte ihre warme Wange an die ihre: »Heute frühstückst du aber zusammen mit uns, oder, Mama?«, fragte sie schmeichlerisch, mit dieser kindlichen, feinen Stimme, die sie immer dann einsetzte, wenn sie eine Missstimmung zwischen den Erwachsenen vertreiben wollte, und die sie in letzter Zeit oft hatte einsetzen müssen.

Mit ihrem Kind auf dem Arm ging die Mutter nach unten, wo im Esszimmer für alle gedeckt war. Normalerweise aßen die Kinder ohne die Eltern. Ihr Mann saß auf seinem üblichen Platz, und sie beobachtete sofort dasselbe wie das Kindermädchen: Er hat heute Nacht nicht geschlafen! Sie hegte einen Groll gegen ihn, wie wir ihn gegen Menschen hegen, die wir verletzt haben. Dort saß er, in seine Trauer und Kränkung gehüllt wie in einen zerlumpten Mantel, damit ihn alle sehen und bedauern sollten. Hier komme ich mit meinem Opfer, dachte sie, und um das auszuhalten, musste sie die Gesichtszüge ihres Liebsten vor sich halten wie einen unsichtbaren Schutzschild. Aber die drei stumm auf sie gerichteten Augenpaare brachten sie erneut ins Wanken. Sie verachtete sich selbst: Ist denn das ganze Leben eine Operette? Sie bekam Lust zu singen: Lebwohl, Lebwohl, jetzt fahre ich, mit einem anderen, ohne dich.

Sie setzte sich trotzig und aufrecht ans Tischende und lächelte tapfer die Kinder an, wagte es jedoch nicht, Fräulein

Hansen anzusehen. Warum inszeniert sie diese lächerliche Komödie, dachte sie wütend, es fehlen nur noch Kerzen auf dem Tisch. – Der Junge war verschlafen und grantig, wie sie es schon erwartet hatte. Plötzlich betrachtete sie ihn kalt, als ginge er sie nichts an, während sie das kleine Mädchen mit dem Stuhl an den Tisch schob und ihm das Lätzchen umband. Das Ganze kam ihr für einen Augenblick vor wie eine lang gezogene, sentimentale Szene aus einem amerikanischen Film, so aufgesetzt traurig, dass die Zuschauer lachen müssen: die liebreizenden Kinder, der gekränkte Vater, das treue Kindermädchen und die leichtsinnige Mutter. – Was gingen all diese Menschen sie an? Warum nutzten sie ihre Liebe zu diesem Kind aus? Nur ein einziger Mensch ging sie etwas an, und der war nicht hier. Aber sein Schatten schwebte über ihr wie ein zarter Schutzwall gegen etwas Schreckliches. Und dahinter: Millionen unglücklicher Kinder, Massen von treuherzigen Hausangestellten und eine unüberschaubare Heerschar von Liebhabern, verlassenen Ehemännern, untreuen Ehemännern, betrogenen und leichtsinnigen Frauen, alle Arten von Menschen, alle Arten von Leben, alle gleich einsam. Dahinter irgendein Gesetz, der Krieg, bodenloses Elend, das tägliche Brot, die Angst vor den Schlagzeilen der Zeitungen, eine Welt voller Spannung und eine resignierte, geduldige Ruhe: über uns allen wird eine Peitsche geschwungen, auf wen wird sie niedergehen?

Schweigend aß sie ihr Ei und überließ es Fräulein Hansen, die Kinder zurechtzuweisen. Ihren Mann hatte sie noch immer nicht angesehen. – Du musst handeln, hatte ihr Liebster gesagt, es eilt, das Leben zieht an dir vorüber, wenn du weiterhin so schwach und weichlich bist. Du musst das in einem größeren Zusammenhang sehen.

Doch bald würde der Umzugswagen eintreffen, und es war ihre Pflicht, ein festliches Erlebnis für die Kinder daraus zu machen. Darin waren sie sich einig. Sie nahm sich zusammen und wollte irgendetwas sagen, aber Ole, der bald acht Jahre alt wurde, blickte plötzlich so seltsam vom einen zum anderen und fragte dann: »Wann kommt Kirsten wieder nach Hause?«

Keiner war in der Lage, ihm zu antworten. Sobald seine Schwester aus dem Haus war, musste sie es ihm erklären, so wie es war. Er war groß genug, es zu verstehen, und es war wichtig, dass auch er das Gefühl bekam, in eine neue, spannende Zeit einzutreten.

Mit einem Mal fühlte sie sich schrecklich müde und hasste das junge Kindermädchen, das lauthals schluchzte, hasste sie alle, weil sie sie nicht verstanden, und am meisten hasste sie sich selbst, weil sie nicht wusste, ob sie das Richtige tat. Plötzlich verspürte sie den Drang, sich in den Armen ihres Liebsten auszuweinen. Jetzt brannten die Tränen bloß hinter ihren trockenen Augen. Wie nimmt ein fünfjähriges Kind so etwas auf? Ab wann fühlt es sich im Stich gelassen, und wie erfährt es die Wahrheit?

Endlich kam der Umzugswagen, lärmend und rot und festlich, und die Kinder rannten auf die Straße, um die Männer zu sehen, die so viel wegtragen mussten. Das Kindermädchen stand auf und stürzte in sein Zimmer, und die beiden waren für einen Moment allein. Sie hatten einander nichts zu sagen, doch als ihre Blicke sich schließlich trafen, lag ein seltsamer gemeinsamer Schmerz darin. Er blinzelte mehrmals und glich einem kleinen Jungen, und sie fand in seinen Zügen etwas von dem wieder, was sie einmal geliebt hatte.

Es war ihm nicht möglich, sie zu hassen. Aus irgendeinem Grund hatte er sich daran gewöhnt, sie nicht für ihr Handeln verantwortlich zu machen. Sein eigenes Leben bedeutete ihm nichts, er dachte lediglich, dass er nicht sterben konnte. Man stirbt nicht, wenn man ein Kind hat, das man schützen und für das man sorgen muss. Im Übrigen durfte sie die Tochter ja auch hin und wieder sehen, wenn sie es wollte, und er wollte auch seinen Jungen sehen. In diesem Moment empfand er ihm gegenüber jedoch die gleiche unbeschwerte Gleichgültigkeit wie sie auch. Es war, als hätten sie nur dieses eine gemeinsame Kind. Einst hatte er einen Samen in ihr gepflanzt, und den nahm er jetzt mit. Dafür musste sie zahlen. Aber sie würde es bestimmt schnell vergessen. Wenn eine Frau verliebt ist –

Für zwanzig Minuten herrschte Unruhe und Lärm im Haus, dann saß das Kind in seinem feinen braunen Mantel mit einem Samthut auf den blonden Locken neben dem Fahrer. Die Kleine warf ihrer Mutter einen ängstlichen Blick zu, dann schlang sie ein letztes Mal die Arme um ihren Hals und flüsterte tröstend: »Wenn es Sommer wird, komme ich ja wieder zurück, stimmt's?«

Die Mutter nickte und lächelte und winkte, bis sie das Auto nicht mehr sehen konnte. Dann glitt das Lächeln aus ihrem Gesicht, als hätte jemand brutal darübergestrichen. Sie nahm den Jungen an der Hand und ging langsam zurück zum Haus.

EIN GUTER JUNGE

Der Sohn des Forstgehilfen zwängte sich zwischen die anderen Kunden in der Bäckerei. Er stand auf Zehenspitzen, um gesehen zu werden, und behielt eifrig im Blick, wer nach ihm gekommen war. Er hatte es eilig, wie eigentlich immer. Er brauchte eine Flasche Milch für seinen kleinen Bruder, seine Mutter konnte plötzlich nicht mehr stillen, weil sie einen Knoten in der Brust bekommen hatte, und Fieber.

Er reckte den Hals und versuchte, die Aufmerksamkeit des Bäckers zu erlangen, der sich furchtbar viel Zeit ließ. Die Mutter eines Schulkameraden kam in den Laden, und er riss sich so hastig die Mütze vom Kopf wie ein Rekrut vor seinem Vorgesetzten. »Guten Tag«, sagte er laut.

Sie bugsierte ein Einkaufsnetz vor sich, aus dem ein Lauchbüschel hervorragte und ihn im Nacken kitzelte.

»Guten Tag, John, und gratuliere zu deinem kleinen Bruder, du freust dich bestimmt?«

»Ja«, antwortete er mit hochrotem Kopf, weil er sich so anstrengen musste, seine überwältigende Freude zum Ausdruck zu bringen.

Plötzlich richteten sich alle Blicke auf ihn. Freute er denn sich auch wirklich ordentlich?

»Tja, damit hätte man nun nicht mehr gerechnet«, sage der Bäcker lachend zu einem Kunden, »das war kurz vor knapp.«

Dann wandte er sich an den Jungen.

»Was darf es heute für dich sein?«

John hob seinen Korb auf den Tresen und streckte dem Bäcker den Zettel hin, den seine Mutter geschrieben hatte. Sonst vergisst du ja die Hälfte, hatte sie gesagt. Bisher hatte er noch nie etwas vergessen, aber sie sagte oft solche Sachen. Er bekam den Korb gefüllt zurück mit dem Wechselgeld, das in den Einkaufszettel eingewickelt war.

»Ist er denn niedlich?«, fragte der Bäcker und strich sich über den Bart.

Der Junge nickte.

»Ja«, antwortete er, »er schreit nur so viel.«

Alle lachten, wie die Erwachsenen es immer taten, wenn man nicht bloß Ja oder Nein sagte. Er hatte das Gefühl, sie würden sich Blicke zuwerfen und zuzwinkern, und beeilte sich, schnell wieder zur Tür hinauszukommen.

Draußen griff die Kälte nach seiner Nase, und er musste niesen. Der Wald lag wie ein großer Berg vor ihm und das Haus wie ein winzig kleiner Punkt an dessen Fuß. Wenn John querfeldein lief, konnte er in einer Viertelstunde zu Hause sein, auf der Landstraße brauchte er eine halbe Stunde. Doch es war zu hell, um die verbotenen Wege zu nehmen.

Der Korb war schwer, John wechselte den Arm und trabte im Laufschritt voran. Er wollte seine Mutter überraschen, indem er blitzschnell zurückkam, wie immer, aber heute wollte er besonders flink sein, weil sie krank war und der kleine Bruder im Nu seine Milch bekommen sollte. Die Autos sausten an ihm vorüber, aber im Schneegestöber konnte er die Nummernschilder nicht sehen, normalerweise sammelte er sie. Einige Fahrradfahrer kämpften sich über den Lenker gebeugt voran, mit Ohrenklappen an den Mützen und roten, nassen Gesichtern.

Aber diejenigen, die auf ihn zukamen, hatten Rückenwind, und er kannte sie alle. Guten Tag, John, riefen sie. Er nickte ihnen angestrengt zu. Niemand sollte sagen, er wäre unhöflich. Er war ein guter Junge, der beste in der ganzen Gegend, wenn es darum ging, Erledigungen in der Stadt zu machen, Holz zu hacken, Windeln zu waschen und was einen noch so im Leben voranbringt. Nur mit den Hausaufgaben klappte es nicht so gut. Schwamm drüber, sagte seine Mutter, Hauptsache, du bist ein guter Junge. Ach, sie war so lieb, seine Mutter, und so gütig. Vor seinem Vater fürchtete er sich ein wenig, er sprach nicht besonders viel mit ihm, und seine Stimme war so grob und hart. Genau wie seine Hände, wenn er die Flinte von der Schulter zog und ein totes Eichhörnchen auf den Küchentisch warf. Das waren nämlich Schädlinge, und der Gutsbesitzer zahlte Geld für jedes, das er schoss. Aber sie sahen so lustig aus, wenn sie die Baumstämme hinaufflitzten, immer auf der Flucht. John hätte gern einmal ein lebendes kleines Eichhörnchen zwischen seinen Händen gespürt. Vor ihm brauchten sie ja keine Angst zu haben. Er hatte erst einmal die Flinte seines Vaters angerührt und erinnerte sich noch daran, wie der ihm dafür den Hintern versohlt hatte. Die Flinte könnte ja losgehen, hatte seine Mutter erklärt, und dich oder einen von uns anderen treffen. – Wenn der kleine Bruder getroffen würde, das gäbe vielleicht ein Theater! Dann würden seine Eltern es bestimmt bereuen, dass sie ihn »mit der Flasche aufgezogen hatten«.

Bei diesem Gedanken nahm er die Beine in die Hand. Er wusste, dass er der Menschheit etwas schuldig war, denn im Gegensatz zum kleinen Bruder war er nicht ordentlich geboren worden, sondern nur durch ein ziemlich unwahrscheinliches Glück bei den Eltern gelandet. Sie hatten ihn adoptiert, seine richtigen Eltern waren schreckliche Menschen aus Kopenhagen und nicht mal miteinander verheiratet. Gott behüte uns davor, dass du ihnen jemals begegnest, sagte seine Mutter damals, als sie es ihm erzählte. Anschließend hatte er eine Zeitlang die Angewohnheit gehabt, eindringlich alle fremden Menschen anzustarren, die in das Dorf kamen, und sich vorzustellen, sie wären aus Kopenhagen angereist, um ihn zu entführen. Da würde er aber zappeln und nach seiner Mutter rufen! Er war zwar klein für seine sieben Jahre, aber stark. Er konnte Wasser aus dem Brunnen hochpumpen und zwei Eimer auf einmal schleppen. Es war ungewiss, ob sein kleiner Bruder das je schaffen würde. Dieser Schwächling. Lag an der großen weißen Brust der Mutter und saugte daran, bis sie davon krank geworden war. Eines Tages hatte John gefragt, ob *er* auch jemals auf diese Weise zu seinem Essen gekommen war, und seine Mutter hatte gelacht: Nein, du armes Würmchen warst ein Flaschenkind. – Damals hatte er sich vorgestellt, dass er vielleicht in einer Flasche entstanden war, so wie man auch Schiffe in Flaschen basteln konnte, aber inzwischen verstand er das Wort. Es klang nur auf so seltsame Weise danach, anders zu sein als die anderen. Das wollte er zwar durchaus, aber nur im Guten. Er konnte so schnell rennen wie kein anderer Junge in der Klasse.

Der Atem dampfte aus seinem Mund wie der Qualm aus der langen Pfeife des Vaters. Er schniefte und wechselte erneut den Arm. Dann nahm er sich die Zeit, seine Nase am Pulloverärmel abzuwischen. Jetzt war der Wald kein Berg mehr, und er konnte den Rauch aus dem Schornstein des Hauses aufsteigen sehen. Er konnte Axthiebe hören, das war sein Vater, der Bäume fällte. Die dem Tode geweihten markierte der Gutsbesitzer selbst. Dann standen sie nichtsahnend da, bis sie spürten, wie die Axt ihren Stamm durchtrennte. Bis zu diesem Augenblick glichen sie allen anderen Bäumen und glaubten, sie würden bis in alle Ewigkeit dort stehen und im Wind rauschen, im Frühjahr neue Triebe bilden und alles verlieren, wenn die Kälte kam, sodass man die armen Eichhörnchen schon von weitem sehen konnte. Er hatte Mitleid mit diesen Bäumen, aber Bäume würden so etwas nicht spüren, sagte seine Mutter. Ebenso wenig wie die kleinen Eichhörnchen wussten, dass sie erschossen werden würden, und es tat kein bisschen weh, eine Kugel ins Herz zu bekommen. Nur die Wilderer waren schlimm, weil sie oft nicht genau trafen und die Tiere dann liegen und leiden ließen, bis sein Vater sie fand. Sein Vater liebte Tiere, sie hatten drei Jagdhunde und einen kleinen Foxterrier, der bald erschossen werden sollte, weil er so haarte und der kleine Bruder von den vielen Hundehaaren husten musste. Das hatte der Arzt gesagt. Dabei mochte John den kleinen Hund so gern.

Überhaupt hatte der Kleine eine ganze Menge durcheinandergebracht. Mitten in der Nacht wurde man geweckt, weil er schrie, und obwohl John neue Rekorde aufstellte, wenn er die Strecke vom Bäcker oder von der Schule zurücklegte, kam es vor, dass die Mutter vergaß, ihn dafür zu loben. Enttäuscht, wie er war, machte er sie selbst darauf aufmerksam: Heute habe ich nur zehn Minuten gebraucht, Mama – und dann sah sie flüchtig in seine Richtung und rief aus: Meine Güte, du bist wirklich unschlagbar, was würden wir nur ohne dich machen? Aber es war nicht mehr so schön wie früher.

Ohne darüber nachzudenken, wurde der Junge auf dem letzten Stück des Weges langsamer. Die Milch schwappte in der Flasche. Es ist unglaublich, was alles in den kleinen Racker hineingeht, hatte die Mutter gesagt, als das Kind an ihrer Brust lag, in einem ganz anderen Ton, als wenn die Eltern (wobei es vor allem der Vater war) sagten: Was der Junge essen kann, der frisst uns noch alle Haare vom Kopf. Aber damit meinte er John. Und ihm blieb das Essen im Hals stecken, während ihm die Röte in die Wangen schoss. Dann lachte die Mutter und tätschelte ihm über das Haar: Wenn er nur vom Essen ein bisschen wachsen würde, sagte sie freundlich. Und der Vater hatte es auch nicht böse gemeint. Aber dennoch!

Er sprang auf einen Schneehaufen am Straßenrand und schlitterte auf der anderen Seite herunter, dann auf den nächsten. Er lachte über das Spielchen und vergaß, wie eilig er es hatte. Zu Hause lag seine Mutter und war von dem Kleinen krank gemacht worden, und bald würde der Vater aus dem Wald nach Hause kommen und selbst etwas kochen, während John den Tisch deckte. Es war so merkwürdig, allein mit ihm zu essen. Wenn er gute Laune hatte, neckte er den Jungen. Na, John Zahnlücke, sagte er, hattest du einen schönen Tag? John waren zwei Vorderzähne ausgefallen, und der Vater behauptete, es würden nie wieder neue wachsen. Unsinn, sagte die Mutter wütend, am Ende glaubt der Junge das noch! Oh, seine Mutter. So mollig, so warmherzig, so gut.

Das letzte kurze Stück rannte er wieder, an der Pumpe vorbei, die an einen erkälteten alten Mann erinnerte, überall mit Lumpen umwickelt, damit sie nicht einfror, und über den Hofplatz, wo ein Stapel Brennholz lag und darauf wartete, in den Kachelofen geschoben zu werden. Im Sommer hatte er dabei geholfen, es aufzuschichten. Er hatte gespielt, die Holzscheite wären Soldaten, und hätte sie am liebsten alle hochkant aufgestellt, in Reih und Glied, aber dann nahmen sie zu viel

Platz weg. Die Arbeit war sein Spiel, und sein Spiel war Arbeit. So ging alles gut, bis sein kleiner Bruder kam. Die nassen Windeln waren Seeräuberflaggen, aber er war ein müder kleiner Seeräuber, der gegen zu viele Feinde kämpfen musste. Und der Kleine war ein Prinz, der einmal das ganze Königreich erben würde. John war sein Sklave, den er in wichtigen Angelegenheiten zurate zog. Fragt meinen Sklaven, sagte der Prinz den anderen, er hat mich mit der Flasche aufgezogen, deshalb darf er alles entscheiden.

Er hob den Türriegel an und trat in die Küche. Dann stellte er den Korb auf den Herd, blieb eine Weile stehen und horchte in Richtung Wohnzimmer. Da war eine weitere Stimme zusätzlich zu der seiner Mutter. Sie hatten ihn nicht kommen hören. Er erkannte, dass es Frau Petersen war, die Nachbarin, die so oft auf einen Kaffee vorbeischaute.

»Sind Sie denn nicht froh darüber, dass es doch noch geklappt hat?« Was hatte geklappt? Es war nicht schön, jemanden zu belauschen, aber es klang so spannend.

»Was für eine Frage, na und ob, nach all den Jahren.«

»Hätten Sie das bloß schon gewusst, als Sie John zu sich genommen haben!« Sie sagte es voller Bedauern, und der Junge erstarrte, als er seinen eigenen Namen hörte.

»Ach«, sagte seine Mutter zögernd, »das haben wir nie bereut, er ist doch so ein tüchtiger und guter Junge.«

»Ja, nützlich ist er Ihnen auf jeden Fall.«

Angesichts ihres Tonfalls nagte ein kleiner Schmerz im Inneren des Jungen.

»Na, Frau Petersen, aber er leidet auch nicht an Überanstrengung, und er ist immer so glücklich, wenn er uns bei etwas helfen kann.« Jetzt war seine Mutter gekränkt, und John bekam Lust, ins Wohnzimmer zu stürmen und ihr beizupflichten. Aber er wollte gern noch ein bisschen mehr Lob über sich hören.

»Nein, selbstverständlich«, sagte die andere Stimme überschwänglich, »und Gott weiß, wo das arme Kind ohne Sie gelandet wäre, das war wirklich eine gute Tat von Ihnen. Ist er nicht dankbar? Denn er weiß es doch, oder?«

»Gewiss ist er dankbar«, sagte die Mutter knapp, und draußen an der Küchentür stand John und war so solidarisch und dankbar, dass er Stielaugen bekam, »und natürlich haben wir es ihm erzählt, denn früher oder später erfahren die Kinder es sowieso, und mein Mann fand auch, es sei das Beste.«

Er zog seine Handschuhe aus und hörte nicht mehr hin. Sein Herz pochte. Er war nicht schnell genug gelaufen, er war nicht dankbar genug. Er war nicht wie die richtigen Kinder. Mit der Flasche aufgezogen. Das schlechte Gewissen verbreitete sich in ihm wie eine schwere, zähe Substanz. Er wollte den Ofen einheizen, ehe der Vater nach Hause kam. Er wollte seinem kleinen Bruder das Fläschchen machen und ein Zuckerei für seine Mutter anrühren. Er wollte in der Nacht aufstehen, wenn der Kleine weinte, damit seine Mutter liegen bleiben konnte, er wollte –

»Ach du liebe Güte, stehst du hier, John?«

Frau Petersen band sich das Kopftuch um und starrte ihn misstrauisch an, denn was, wenn er etwas gehört hatte? Er war nicht so hübsch wie der Kleine dort drinnen, stellte sie fest, an solchen Kindern hatte man keine rechte Freude, aber er schuftete ja auch den lieben langen Tag wie ein Pferd, während die anderen Kinder spielten. Alle Leute sprachen empört darüber, fanden es insgeheim aber doch angemessen.

Der Junge beugte den Kopf und hatte Angst davor, dass sie seine Hand nehmen würde. Ihre Hände waren so schlaff und rochen immer nach Spülwasser oder etwas anderem Unappetitlichen. Sie erinnerten ihn an die toten Tiere auf dem Küchentisch, Eichhörnchen und Waldmäuse, für die sein Vater Geld bekam, wenn er sie tötete, und manchmal auch ein kleines Reh mit hochgestreckten Beinen und sanften, erstarrten Augen, als käme es nicht aus dem Staunen heraus, dass plötzlich alles für immer vorbei war. Erschossen zu werden ist so, wie einzuschlafen, sagte seine Mutter, die selbst einmal Mitleid mit all den kleinen Kreaturen gehabt hatte.

Frau Petersen ging, und der Junge eilte ins Wohnzimmer. Die Mutter lag auf dem Sofa und sah müde aus, sie hatte die Augen geschlossen. Der Kleine schlief in der Wiege neben dem Kachelofen.

»Ging das nicht schnell?«, fragte er vorsichtig.

Sie öffnete langsam die Augen:

»Ach, du bist das«, sagte sie, »du bist wirklich ein guter Junge.« Dann dämmerte sie weiter vor sich hin. Der Junge hörte, wie der Vater draußen lärmend seine Holzschuhe auszog, die Hunde stürmten bellend zur Tür.

Er blieb stehen und betrachtete seine Mutter mit offenem Mund. Er wollte noch tüchtiger sein und noch schneller laufen. Er wusste, dass er den Menschen etwas schuldete, aber er zahlte es im Rahmen seiner geringen Möglichkeiten und in kleinen Raten zurück. Wenn ich nur bald groß wäre, dachte er und wurde schläfrig von der Wärme im Zimmer. Beklommen schlich er im kleinen Flur an seinem Vater vorbei und in die Küche. Der Vater grüßte ihn nicht, vielleicht sah er ihn gar nicht.

»Wie geht es dem Kleinen?«, rief er.

»Pssst«, flüsterte die Mutter sanft, »er schläft.«

Dann fing der Junge an, den Ofen einzuheizen. Die kalten Eisenringe brannten wie Feuer an seinen tauben Händen.

DAS EIGENSINNIGE LEBEN

Das Wartezimmer war voller Frauen, die sich nur ungern ansahen. Sie sahen auf den staubigen Boden hinab, auf ihre Schuhspitzen, auf die schmuddelige Wand mit der undefinierbaren Farbe. (Warum haben gerade solche Ärzte, die doch so unverschämt viel Geld verdienen, immer derart schäbige Räumlichkeiten? Vielleicht hatte er nicht einmal einen Kittel und bestimmt auch schmutzige Fingernägel.) Sie waren alle so diskret und unscheinbar gekleidet, dass sie sich überall unbemerkt hineinstehlen konnten. Vielleicht hatten sie denselben Hinweis bekommen wie sie selbst: Er bestimmt den Preis nach der Kleidung. Aber was betrafen eigentlich die anderen sie, Alice? Konnte sie nicht einmal hier die Gewohnheit ablegen, über alles und jeden in ihrer Nähe nachzudenken? Nein. Sie vermochte sich den Ernst der Lage nicht richtig klarzumachen. War sie denn überhaupt so ernst? Jedenfalls nicht schlimmer für sie als für die anderen. Hinter jeder dieser Frauen stand der Schatten eines Mannes; ein müder Ehemann, der für eine große Kinderschar schuftete und dessen Einkommen die Last eines neuen Kindes nicht verkraften würde; ein untreuer Kerl mit pomadisiertem Haar, der längst über alle Berge war; eine flüchtige, hastige Verbindung, die nur wenig mit Liebe zu tun hatte; ein verliebter, aber viel zu junger Student, der jetzt draußen auf der Straße auf- und abging und zwischen Hoffnung und Angst schwankte; ein sorgloses, oberflächliches Subjekt, das »die Adresse besorgt« und sich von dem ihm verursachten Unbehagen freigekauft hatte; einer, der aus der Stadt fortgegangen war und seine beschwerliche Bürde hier hinterlassen hatte wie ein vergessenes Möbel – aber auf jeden Fall ein Mann, ein Rausch, eine leichtsinnige, teuer erkaufte Erfahrung, vielleicht die erste – –

Es eilte kein bisschen damit, hinter die verschlossene Tür zu gelangen, die ab und zu von innen von einem Mädchen geöffnet wurde, das, hastig und ohne jemanden anzusehen, das triste Wartezimmer verließ, um, erleichtert oder nicht, wieder im lärmenden Feierabendverkehr dort hinter den undurchsichtigen Fenstern zu verschwinden.

Wie still es hier war. Alice dachte an Bent. Es hatte etwas ausgesprochen Lächerliches, ein Kind von ihm zu erwarten, und nichts Heldenhaftes, es vor ihm zu verbergen. Ein Kind? Ein kleines, schrumpeliges Wesen unter hellblauen Rüschen, das mit dem unbewusst klugen Blick des Säuglings in die Welt hinausstarrt. Ein Band zwischen zweien, die einander lieben – doch ihre Liebe vertrug kein Band. Darüber waren sie sich von Anfang an einig gewesen. Er hatte genug an seiner Frau, die sich mit allem abfand, solange sie und das Kind versorgt wurden und der äußere Schein von bürgerlichem Wohlstand und einer heilen Familie gewahrt blieb. Warum sollte Alice dieses Idyll stören? Sie betrachtete ihr Verhältnis zu Bent vollkommen klar und vernünftig. Er konnte sich nur verlieben, wenn es leicht und flüchtig und bald vorbei war. Auf diese Weise hatte sie es bald ein Jahr in die Länge ziehen können, und als kein Unglück passierte, waren sie unvorsichtig geworden. Es war hauptsächlich ihre Schuld gewesen. Man trägt ja auch nicht ständig die Angst in sich, jedes Mal, wenn man die Straße überquert, ein gebrochenes Bein zu riskieren. Davon abgesehen war es nicht ihre Art, andere für die Widrigkeiten verantwortlich zu machen, die sie am eigenen Leib erfahren musste. Und müsste der Mann seinen Körper dafür hinhalten, würde Bent sie auch nicht damit belasten, ebenso wenig wie er sie mit seinem langweiligen Eheleben behelligte, das natürlich gar nicht so langweilig war, wie er es ihr gegenüber taktvoll behauptete. Wenn er von der Arbeit nach Hause kam, sprang ihm bestimmt das Kind entgegen, und er nahm es auf den Arm und spielte mit ihm. Dann küsste er seine Frau und erfreute sich an ihrer hübschen, häuslichen Erscheinung, dem gedeckten Tisch, dem Essensduft aus der Küche und seinem eigenen Schreibtisch – dem einzigen Zeugnis seines chaotischen Wesens, der schnellen Auffassungsgabe und des klaren, kühlen Verstands, den seine Frau so an ihm liebte. Doch das waren lediglich Mutmaßungen. Er sprach nur selten darüber, und sie war nicht neugierig. Sie verachtete das Gewöhnliche: Meine Frau versteht mich nicht usw. Geduldig hatte sie ihn mit dieser fremden Frau geteilt, die sie noch nie gesehen hatte. Wer am wenigsten verlangt, bekommt am meisten. Und sobald sie ihm über die Stirn strich, war die Erinnerung an sein Leben ohne sie für einige Stunden verschwunden. So sicherte sie sich seine Liebe, und er verletzte keine von ihnen. *Keine von uns*, sagte sie sich streng in Gedanken. Aus irgendeinem Grund war es notwendig, daran festzuhalten.

Unruhig wandte sie den Blick zur verschlossenen Tür und verzagte ein wenig. Ein abscheuliches Vorhaben, dachte sie, aber weder Mord noch »die heilige Mutterschaft«, diese Phrasen hatte sie zur Genüge gehört, von sauberen gesetzestreuen Ärzten in sauberen Kitteln hinter sauberen Schreibtischen.

Sie war 25 Jahre alt und Herrin über ihren eigenen Körper, nicht laut dem Gesetz, auf das sie pfiff, sondern weil sie es *wollte*. Keine sentimentalen Gedanken über hellblaue Rüschen und ein kleines zahnloses Lächeln. Es gab genug Kinder auf der Welt. Und dieser kleine Schmarotzer hatte ihr nichts als Übelkeit und Unbehagen bereitet und einen schleimigen grauen Schleier über all das gebreitet, was vorher schön gewesen war: der erste Lichtschein des Tages unter dem Rollo, der Kaffee, den sie gegen Tee hatte austauschen müssen, der ihr auch nicht mehr schmeckte – das pochende abendliche Verlangen nach Bent, das einer gähnenden Müdigkeit gewichen war, die sie kaum mehr verbergen konnte. Außerdem kam er in letzter Zeit nur noch wenige Male in der Woche. Das war schon in Ordnung. Sie hätte sich wohl auch nicht gerne mit einem Mann getroffen, der in ihnen Armen einschlief, wenn sie es gerade ein bisschen nett haben wollten. Sie erinnerte sich noch gut an ihre eigene schlechte Laune, als er einen eitrigen Zahn hatte, der seine Wange so dick werden ließ, dass sie sich nicht mehr zusammen zeigen konnten. Die dicke Wange passte genauso wenig zu seinem hübschen, feinen Gesicht, wie ein grotesk geschwollener Bauch zu der schlanken Taille passen würde, auf die sie so stolz war. Ihre Beziehung sollte von allem verschont bleiben, womit man sich in der Ehe abfinden musste. Wie sähe es denn aus, wenn sie ihn jetzt mit einer weinerlichen Klageweibsstimme anrufen würde: Es gibt da etwas, worüber ich unbedingt mit dir reden muss! Sie war kein starker Mensch, weder im Guten noch im Schlechten. Sie würde ihn nicht dazu überreden wollen, Frau und Kind wegen dieses Unfalls zu verlassen. Sie hatte Angst davor, jemanden zu verletzen, und war zugleich der eingefleischten Überzeugung, dass Liebe und Ehe nur selten viel miteinander zu tun haben.

Jetzt war sie bald an der Reihe, und sie wiederholte in Gedanken ihren falschen Namen und ihre »ausweglose Situation«. Warum wollen Sie das Kind nicht haben?, würde er scheinheilig und pro forma fragen. Sie konnte diesen Menschen schon im Vorhinein nicht ausstehen, so wie man nun einmal Widerwillen gegenüber einem fremden Wesen verspürt, von dessen Gnade man abhängig ist. Natürlich sollte sie – tja, was sollte sie eigentlich? Sie kannte sich. Sie war keine stolze, heldenhafte Natur, die eine »alleinstehende, berufstätige Mutter« sein konnte, ohne sich um die ganzen Vorurteile zu scheren. Alleinstehend und berufstätig schon, aber keine Mutter. Jedenfalls nicht so. Ein Klotz am Bein eines Mannes, eine Verpflichtung! Sie hatte sich immer eingebildet, sie würden sich eines Tages ohne Tränen und Vorwürfe trennen, frei nach dem Motto: Danke für die schöne Zeit. Aber spät, spät, so spät wie möglich. Die Abende ohne ihn? Die Lichter und das Leben der Stadt ohne ihn?

Sie stand auf und blieb ein wenig unschlüssig in ihrem schmuddeligen Baumwollmantel stehen, erfüllt von Übelkeit und Unruhe und – etwas anderem, für das sie keine Worte fand, und mit dem sie vollkommen allein war. Aber hatte sie ihn nicht auch mit seinem eitrigen Zahn alleingelassen? Warme Wickel und streng genommen auch Schwangerschaften gehörten in die Ehe, und wenn sie sich nicht an den Vorteilen der Ehe erfreuen durfte, wollte sie sich auch nicht mit deren Schwierigkeiten herumplagen. Bent hatte sein Kind ihr gegenüber nie erwähnt, obwohl sie von anderer Seite wusste, dass er es sehr gern hatte und ein ausgezeichneter Vater und

Ehemann war. Diese Seite von ihm ging sie nichts an (obwohl sie sicherlich dazu beitrug, sie zu erhalten). Mit einem winzigen Anflug von Bitterkeit dachte sie, wie nett es doch sein musste, aus den Armen seiner Geliebten in ein wohlgeordnetes Heim zurückzukehren.

Die Nächste, bitte!

Zögernd ging sie in den dämmrigen Raum, zart und aufrecht, aber mit dunklen Ringen unter den Augen, und das Herz, das so vernünftig und hart sein sollte, hämmerte aus Angst und Trotz.

Er beachtete sie kaum. Er saß im Halbschatten hinter einem Schreibtisch, ohne Kittel, wie sie es sich vorgestellt hatte, und wies träge mit der Hand auf einen leeren Stuhl. Ihre Lippen waren trocken, und für einige Minuten sagten sie beide nichts, der Mann sah aus dem Fenster, während er mit einem Bleistift auf den Tisch trommelte. Er hatte dunkle, zusammengewachsene Augenbrauen, doch Alice blickte nur auf seine Hände, die groß und haarig waren, und für einen Moment war sie lediglich vom Grauen darüber erfüllt, dass diese Hände sie berühren würden.

Als er mit seinen Überlegungen fertig war, warf er plötzlich den Bleistift von sich und wandte sich zu ihr. Er biss sich energisch auf die Unterlippe und fragte schließlich:

»Also, was fehlt Ihnen?«

Sie befeuchtete ihre Lippen mit der Zunge und räusperte sich.

»Ich – erwarte ein Kind«, sagte sie, und fügte, ohne nachzudenken, hinzu: »Aber das wissen Sie ja.«

Langsam nahm er seine Brille ab und sah wieder in Richtung des Fensters.

»Woher soll ich das wissen?«, fragte er und klang wie eine abgenutzte Schallplatte.

Hilflosigkeit überkam Alice. Man hatte ihr gesagt, sie solle »vorsichtig vorgehen«, und bevor sie hergekommen war, hatte sie das alles klar, richtig und natürlich gefunden, aber das Aussehen und Wesen dieses Mannes vermittelten ihr ein Gefühl von Schuld, von etwas Unreinem und Schrecklichem. Sie verstand nichts, am allerwenigsten sich selbst, als sie antwortete:

»Sie leben doch davon, oder etwa nicht?«

Sie hackte den kleinen Finger ab, den man ihr gereicht hatte. Sie tat etwas Unwiderrufliches, dessen Folgen sie nicht absehen konnte. Ihre Vernunft war nicht daran beteiligt.

Der Blick des Mannes wurde vollkommen leer und verständnislos, während er, ohne sie anzusehen, ein schmutziges Taschentuch hervorzog und energisch seine Brillengläser putzte.

»Ich verstehe überhaupt nicht, was Sie meinen«, antwortete er kalt.

Dann kamen die Worte von selbst, als wären sie immer irgendwo auf der Welt gewesen und hätten auf sie gewartet, als wäre die ganze Situation schon im Voraus geplant und durchdacht – vielleicht schon solange sie lebte – und könnte nicht anders ausgehen, genauso wenig wie sich das Wetter am nächsten Tag durch eine Beschwörung ändern lässt.

Sie richtete sich ein wenig auf dem Stuhl auf und strich mit den Händen über den Mantel, über den flachen Bauch, der bald unbarmherzig anschwellen würde.

»Ich meine«, sagte sie ruhig, »es ist mein Erstes, verstehen Sie, und – und – man muss sich doch untersuchen lassen und so weiter?«

Er erhob sich derart behände, wie man es seinem schweren Körper nie zugetraut hätte, und Alice schien es, als spräche aus seinen Bewegungen eine geradezu komische Verärgerung oder Ungeduld, während er vor ihr in einen winzigen Raum ging, in dem nur eine Liege mit Rollen stand.

»Wenn Sie sich bitte freimachen würden, werde ich Sie untersuchen. Hier entlang.«

Ihre Knie zitterten leicht, als sie ihm folgte, sehr aufrecht und bleich. *Den Triumph dieses Augenblicks,* dachte sie, *werde ich mir noch oft vergegenwärtigen müssen.*

Fünf Minuten darauf saßen sie sich erneut gegenüber. Er betrachtete sie von der Seite, die Brille auf der Nase. Ein schiefes Grinsen zuckte in seinem Mundwinkel. Sie legte alle Verachtung in ihren Blick, zu der sie fähig war, ohne das Lächeln jedoch vertreiben zu können.

Dann sagte er langsam und mit einer kleinen, ironischen Verbeugung in ihre Richtung:

»Sie sind im dritten Monat – gratuliere.«

Dann standen sie beide auf, und er streckte ihr die Hand entgegen. Kindisch tat sie so, als würde sie sie nicht sehen, während sie ihre Tasche öffnete und eine Geldbörse herauszog.

»Was bin ich Ihnen schuldig?«

»Zwanzig Kronen, bitte.«

Er hielt ihr die Tür auf, als sie das Sprechzimmer verließ.

»Die Nächste, bitte«, rief er.

Erst unten auf der Straße, wo die Leute ungeduldig drängelten, weil sie zum Abendessen nach Hause wollten, kam sie wieder zu sich, und ihre entsetzte Seele schwankte wie betrunken und suchte nach Halt. Sie musste daran denken, was Bent einmal gesagt hatte: »Es sind nicht die Worte, die unseren

Charakter zeigen, es ist unser Handeln, jenseits aller Vernunft.«
Wie sein Kind wohl aussah? Sie hatte vorher nie darüber nachgedacht. Ein nicht gekannter Schmerz stach und brannte in ihr. »Unser Handeln« –

Langsam, die Hände in den Taschen und das glatte Haar im Wind flatternd, ging sie zurück in ihr einsames Pensionszimmer.

ABEND

Hanne war erst sieben Jahre alt, trug aber schon eine große, formlose Angst in sich. Sie wollte immer am liebsten an einem anderen Ort sein als da, wo sie gerade war. Wenn sie und ihr kleiner Bruder, der sich mit glühendem Eifer seinem Spiel widmete, im Kinderzimmer saßen, lauschte sie auf die Schritte der Eltern im Untergeschoss und setzte alles daran, deren merkwürdiges Gespräch mitzuverfolgen. Wenn die Eltern allein waren, unterhielten sie sich anders miteinander, als wenn Hanne ihnen zuhörte. Die Stimme der Mutter wurde so sanft und leise, dass es zugleich gut- und wehtat im Bauch, vor allem weh, und der Vater lachte fast die ganze Zeit darüber, was sie sagte. Wenn Hanne dann die Treppe nach unten stürzte oder schlich, verstummten die Eltern zunächst. Dann sagte ihre Mutter vielleicht: Möchtest du nicht draußen spielen, Liebes? Und wenn Hanne zu ihr kam, nahm die Mutter sie weder auf den Schoß, noch erzählte sie Geschichten, sondern versteifte sich so, dass sich das Kind nicht mehr rühren konnte und spürte, wie der Blick des Vaters sie beide in einen dunklen Mantel aus Angst hüllte. Schließlich sagte die Mutter, ohne sie anzusehen: Geh nach oben und spiel wieder mit deinem kleinen Bruder, dein Vater ist müde. Das stimmte aber gar nicht, denn dann hätte er ja einfach ins Bett gehen und sich ausruhen können, so wie andere es taten, wenn sie müde waren, und er sagte es ja auch nie selbst. Er redete nicht viel mit Hanne, und wenn, dann fragte er nur, was zwei mal zehn war, oder ob sie bald lesen gelernt hätte, doch er hörte nicht immer zu, was sie antwortete.

Trotzdem war er ein netter Vater, denn er hatte sie nie verprügelt oder ausgeschimpft, und sie wusste genau, dass er jeden Tag zur Arbeit ging, um Geld für Essen und Kleidung für sie alle zu verdienen, und dass es eine schöne Bescherung wäre, wenn er sie verließe. Das hatte die Mutter ihr eines Tages erklärt, nachdem sie plötzlich gesagt hatte: Puh, Papa ist so doof, als sie ihn auf seinem Fahrrad durch die Gartenpforte biegen sahen, obwohl sie es gerade so nett miteinander hatten, sie und die Mutter.

Es gab schrecklich viel, wovor man sich fürchten und worauf man aufpassen musste. Zuallererst musste sie natürlich auf ihren kleinen Bruder aufpassen. Er konnte an seiner Sicherheitsleine ersticken oder an Streichhölzern gelangen und sich selbst und das ganze Haus in Brand stecken. Ehe er abends nicht eingeschlafen und sie von dieser Angst befreit war, fand Hanne keine Ruhe. Nicht weil sie über seinen Tod besonders traurig gewesen wäre, aber ihre Mutter würde bestimmt schrecklich betrübt sein und tagelang weinen wie damals, als Hannes richtiger Vater sie verlassen hatte und alles so trostlos gewesen war, bis sie einen neuen bekamen.

Wenn sie Besuch hatten, erzählte die Mutter lachend davon, wie Hanne irgendwelchen Fensterputzern und allen möglichen anderen Männern hinterhergelaufen war, um sie zu fragen, ob sie nicht ihre Mutter heiraten wollten. Hanne konnte daran nichts Lustiges finden, denn ohne einen Mann im Haus würden sie verhungern. Und sie hatte kein bisschen Lust zu sterben und in die Erde zu kommen, ohne nachts eine Bettdecke über sich zu haben. Anscheinend wurde man zwar ein Engel und konnte zum Herrgott hinauffliegen, aber was war, wenn er die Flügel zu spät brachte, wenn genau in dem Moment zu viele auf einmal starben, denn er war ja ganz allein mit allem, genau wie seine Mutter, jetzt, da sie sich kein Hausmädchen mehr leisten konnten.

Der kleine Bruder schlief, und Hanne lag in ihrem Bett und kratzte den Lack von den blauen Gitterstäben. Sie schlief nie, bevor sie nicht gehört hatte, dass ihre Eltern auch hinaufgegangen waren, und manchmal erst, wenn sie sich nicht mehr im Schlafzimmer unterhielten und Hanne sicher sein konnte, dass sie ebenfalls schliefen und sich im Laufe der Nacht nichts mehr verändern würde.

Noch redeten sie unten im Wohnzimmer. Ihre sanften Unter-sich-Stimmen mit dem Lachen des Vaters und den langen Pausen schmerzten so sehr im Kopf, wie wenn der kleine Bruder all seine Bauklötze auf einmal zu Boden poltern ließ. Vielleicht küssten sie einander, weil sich das so gehört, wenn man verheiratet ist, aber nicht, wenn die Kinder zusehen, denn das kann ihnen schaden. »Warte, bis wir allein sind«, hatte die Mutter einmal gesagt, »die Kinder sollen das so früh noch nicht sehen.« Wieso früh? Es war gleich schon Zeit für das Abendgebet.

Hanne legte sich auf den Rücken und faltete die Hände über der Decke. Jetzt war Gott im Zimmer, obwohl man ihn nicht sehen konnte, selbst wenn man das Licht anknipste. Hanne stellte sich vor, dass er ihrem richtigen Vater ähnelte, dem größten und stärksten Mann auf der ganzen Welt. Sie schloss die Augen und flüsterte das beste Abendgebet von allen:

Müde bin ich geh zur Ruh
Schließe meine Äuglein zu
Vater, lass die Augen dein
Über meinem Bette sein.

Dann seufzte sie schläfrig und befreit, bis ihre Gedanken erneut herbeischwärmten wie hungrige Vögel zu einem Frühlingsbeet.

Wenn sie doch nur bald nach oben kämen. Ihre Augen begannen zu brennen. Übermorgen war Sonntag, und sie würde ihren richtigen Vater und dessen neue Frau besuchen, die viel hübscher war als ihre eigene Mutter, aber trotzdem eklig. Gott sei dank liebte der Vater sie nicht richtig, denn sie hatten keine Kinder, und die bekam man nur, wenn man sich so stürmisch liebte wie ihre Mutter den neuen Vater geliebt hatte, als sie den kleinen Bruder bekam. Das war zum Glück vorbeigegangen, seither waren nämlich keine weiteren Kinder hinzugekommen, die ersticken oder das Haus in Brand setzen konnten. Die Sache mit der Liebe konnte man also nicht selbst bestimmen. Sie kam und ging wie ein Keuchhusten. Aber es nützte nichts, wenn nur einer von beiden liebte, und das war auch gut so, denn Hanne liebte ihren Mathelehrer und ihren richtigen Vater und natürlich die Mutter, und nur beim Vater war sie sicher, dass er sie auch liebte, aber seinen Vater konnte man nicht heiraten, weil er uralt sein würde, bis man selbst groß geworden war und Brüste bekommen hatte und all das, und vorher konnte man auch nicht heiraten. Ach, wäre sie nur genauso groß wie die neue Frau des Vaters, die sie Mama Grete nennen sollte, wenn sie bei ihnen wohnte. Dabei nannte ihr Vater sie auch nur Grete. Puh, war die dumm.

Und hatte einen Haufen feiner Kleider, viel mehr als die Mutter. Das braucht dich nicht zu kümmern, sagte ihre Mutter, nur dumme Menschen verschwenden so viel Zeit damit, sich herauszuputzen. Aber dass ihr Vater, der so klug war, eine so dumme Person küssen und liebkosen wollte! Obwohl sie diese langen Locken hatte, und Augen, die immer feucht waren, als hätte sie gerade geweint. Und immer über alles lachte, selbst wenn Hanne absichtlich frech gewesen war. Als sie das letzte Mal dort gewesen war, hatte Grete ein langes Seidenkleid angezogen und nichts darüber und sich vor Hanne im Kreis gedreht und gesagt: Bin ich nicht hübsch? Und Hanne hatte einen Witz aus ihrem kleinen, neu erworbenen Vorrat aus der Schule hervorgeholt: Ja, von hinten und im Dunkeln! Aber dann hatten sie beide so hemmungslos gelacht, dass Hanne am Ende weinen musste und der Vater sie wie ein Baby auf den Schoss nahm und tröstete, und sie zog das Weinen so in die Länge, bis Mama Grete aufhörte zu lachen. Das geschah ihr ganz recht. Ja!

Hanne schniefte und zog das Taschentuch unter dem Kopfkissen hervor, putzte die Nase und drückte die Nasenspitze nach oben, wie sie es nicht durfte, denn dann wurden die Nasenlöcher zu Tropfenfängern, in die der Regen geradewegs hineinlief. Nicht schlimm, sagte sie laut, wie wenn sie hingefallen wäre und nicht weinen wollte. Sie meinte einen ganzen Haufen von Dingen. Es gab vieles, von dem man sich sagen musste, es wäre nicht schlimm. Nicht schlimm mit Mama Grete, nicht schlimm, dass der kleine Bruder erstickt war, nicht schlimm mit dem neuen Vater, der sie nicht verlassen durfte. Nicht schlimm, wenn er ging, nicht schlimm, wenn sie einen neuen bekämen – –

Plötzlich setzte sie sich mit heftigem Herzklopfen wieder auf. Im Wohnzimmer war eine neue Stimme dazugekommen. Eine laute, glückliche, liebevolle und bekannte Stimme, die immer gleich sprach, ob man da war oder nicht. Aber das konnte nicht stimmen. Was wollte er hier? Sie lauschte. Doch, er war es wirklich. Er war gekommen, um den neuen Vater zu verjagen und die Mutter wieder zu heiraten. Mama Grete war wahrscheinlich tot, und dann bekam ihre Mutter all ihre feinen Kleider. Ein wilder Strom des Glücks riss sie mit. Sie sprang aus dem Bett, hob ihr Nachthemd an und stürmte die Treppe hinunter. »Papa«, rief sie und sah niemanden außer ihm, während sie, vom Licht geblendet, auf die hohe Gestalt zurannte und sich von dem vertrauten Wesen und Duft umfangen ließ, in einer seligen Umarmung, bei der sie alles um sich herum vergaß. Dann blinzelte sie und betrachtete ihren anderen Vater und die Mutter, die allmählich wie zwei steife, ferne Figuren außerhalb ihrer eigenen Welt zum Vorschein kamen.

»Dein Vater möchte dich jetzt mitnehmen«, sagte die Mutter mit einem kleinen, fremden Zittern in der Stimme, »geh hinauf und zieh dich an, Hanne, aber pass auf, dass du deinen kleinen Bruder nicht weckst.«

Auf dem Tisch standen drei Kaffeetassen, und das Wohnzimmer wirkte irgendwie kleiner als sonst.

Der Vater richtete sich auf, die Hand noch immer auf dem Nacken des Kindes. Hanne bohrte ihren Finger in eines seiner Knopflöcher und drehte ihn hin und her. Ihr war durch und durch warm, als hätte sie gerade gebadet.

»Bleibst du nicht hier, Papa?«, flüsterte sie erschrocken und sah hinauf in seine großen, leuchtenden Augen.

Da stand der neue Vater auf und stieß seinen Stuhl zurück.

»Hätte das nicht bis morgen Zeit gehabt?«, fragte er mit dünner, spitzer Stimme. »Das ist doch keine Art, das Kind so spät am Abend aus dem Bett zu zerren.«

Der Vater antwortete nicht, beugte sich jedoch herab und zog sie fest an sich. »Möchtest du nicht gern mit Mama Grete und mir verreisen?«, fragte er. »Sie sitzt draußen im Auto.«

Da wurde Hanne genauso steif wie ihre Mutter. »Ist sie denn nicht tot?«, fragte sie mit trockenem Mund.

»Aber Hanne«, sagte die Mutter, »was redest du denn da? Du musst nicht mitgehen, wenn du nicht willst.« Und der Vater ließ sie so plötzlich los, als hätte er sich verbrannt. Einen Moment stand sie ganz allein und wusste nicht, wohin mit ihren Händen und ihrem Blick. Dann nahm der neue Vater sie an der Hand und begann mit ihr die Treppe hinaufzugehen, während die Stille hinter ihnen genauso schmerzte wie der ungewohnte, grobe Griff. Sie wollte nicht weinen, bevor sie ins Bett kam, nein, sie wollte nicht weinen, sie wollte überhaupt nicht ins Bett. Sie wollte verreisen und den ganzen Weg über auf dem Schoß ihres Vaters sitzen.

»Lass mich los«, rief sie, entwand ihre Hand aus der des Mannes und rannte zurück in das grelle Licht, wo die Mutter saß und bemitleidenswert war, und wo es wohl oder übel einen Vater zu viel gab. Etwas Unbarmherziges, eine ganz neue Angst, hinderte sie abermals daran, den sichersten Schutz zu suchen, den sie kannte. Sie stand mit hängendem Kopf vor ihrem Vater, der seinen Hut aufgesetzt hatte, als hätte er hier nichts mehr zu suchen. Sie fror und zog die schmalen Schultern zu den Ohren und trat sich selbst fest auf die Zehen, während sie hilflos und fragend die Mutter ansah, die dem Mann oben auf dem Treppenabsatz einen ängstlichen, flehenden

Blick zuwarf, als wäre sie diejenige, die etwas Falsches gesagt hatte.

Er ging mit harten, festen Schritten hinunter. »Jetzt bringen wir das Ganze mal hinter uns«, sagte er knapp. »Willst du mit oder nicht, Hanne?«

Sie starrte auf die Füße ihres Vaters. Hinter ihrer Stirn brannten Verwirrung, Scham und Trotz. Sie trat den schweren Schritt auf ihn zu, doch er rührte sie nicht an. Seine Kleidung roch nach fernen, verlorenen Dingen. Sie konnte den ganzen Weg über auf seinem Schoß sitzen und die Nase in diesen Geruch bohren und Mama Grete den Rücken zukehren.

»Ich – möchte gerne mitkommen«, bat sie demütig und überwältigt.

Als das Kind die Treppe hinaufging, um sich anzuziehen, sahen drei Menschen der einsamen kleinen Gestalt nach. Keiner von ihnen konnte ihr helfen, und sie wagten es nicht, einander anzusehen.

DEPRESSION

Lulu stapelte all die schmutzigen Teller und stellte sie in das brühend heiße Wasser, sodass sich Petersilienbüschel, welke Salatblätter und Radieschengrün lösten und in einem traurigen, öligen Gemisch umhertrieben, das sie einen Moment voller Abscheu betrachtete, ehe sie sich überwand, blitzschnell die Hände hineinzustecken und das Porzellan wieder herauszuziehen. Erst die Teller, dann die Gabeln, Messer und Gläser. Sie brauchte eine Menge Wasser dafür. Hinter ihr stand der verbeulte Kessel und kochte trocken, weil sie jedes Mal vergaß, ihn neu zu füllen.

Sie lauschte dem Lärm und dem Gelächter aus dem Wohnzimmer. Es war ein gelungener, fröhlicher Abend, und sie wusste, dass es für eine leise Verstimmung sorgte, wenn sie, die Gastgeberin, inmitten der ganzen Heiterkeit hinausstürmte und spülte. Aber morgens mit dem Wissen aufzuwachen, dass die Küche eine einziges Chaos war, verkraftete sie derzeit nicht. Wenigstens damit musste Kai sich abfinden. Sie hörte seine Stimme unter den anderen heraus, er sprach hastig, nervös und überdreht. Er trank und rauchte wie besessen und vergaß, seinen Gästen nachzuschenken, wenn sie nicht da war.

Es wäre wirklich schön, wenn er seine Depression überstanden hätte, die andauerte, seit sie zweifelsfrei festgestellt hatten, dass Lulu zum zweiten Mal schwanger war. Beim ersten Mal hatte die Krankheit angehalten, bis sie im fünften Monat gewesen war. Der kleine Bent war erst anderthalb Jahre alt. Natürlich war es ein Unfall gewesen; als tödliches Unglück konnte sie die Schwangerschaft jedoch nicht ansehen. Vor allem nicht als eines zulasten von Kai. Letzten Endes musste sie doch mit Leib und Seele herhalten. Allerdings war sie, wie Kai es ausdrückte, gesund und im Gleichgewicht. Die Übelkeit, die Müdigkeit und alles, was noch damit zusammenhinge, werde ja in absehbarer Zeit enden. Die finanzielle Last müsse Kai tragen (oder besser gesagt seine Eltern), und im Gegensatz zu ihren Leiden nehme diese zu, wenn das Kind geboren sei.

In einem Jahr würde er sein Studium beenden. In den letzten drei Monaten hatte er jedoch nichts getan, sondern den ganzen Tag nur auf dem Sofa gelegen, ohne zu schlafen und ohne sich zu rühren. Wenn sie durchs Wohnzimmer schlich, sah er sie mit einem gequälten, unglücklichen Blick an, von dem sie immer ein schlechtes Gewissen bekam, weil sie nie wusste, wann sie sich zu ihm legen und ihm über die Stirn streichen sollte und wann es ihn nur reizte.

Er ging zur Psychoanalyse, doch sie hatte nicht den Eindruck, dass es half. Dafür kostete es einen Haufen Geld, und dieser fremde Mensch (der Analytiker), den sie noch nie gesehen hatte, erfüllte sie mit Misstrauen und einer Art Eifersucht. Er hatte eine Einweisung vorgeschlagen, doch das wollte Kai nicht, aus Rücksicht auf seine Eltern, die im Pfarrhaus in Jütland saßen und ihnen den Lebensunterhalt zahlten und um alles in der Welt nicht von schlechten Nachrichten aus Kopenhagen in Unruhe versetzt werden durften. Er war ihr einziger Sohn, und für ihren Geldeinsatz wollten sie auch ein Ergebnis in Form eines frischgebackenen Arztes sehen.

Immer wenn Kai von der Analyse kam, war er ihr und Bent gegenüber feindselig und noch reizbarer als sonst. Hätte sie es nicht besser gewusst, hätte sie gedacht, er käme von einer anderen Frau. Manchmal wünschte sie sich, es wäre so. Denn das war wenigstens etwas Greif- und Fühlbares, ein Kampf, den man gewinnen oder verlieren konnte. Jetzt schien es eher, als zehrte ein starker, unsichtbarer Feind an Lulus Kräften, aber so durfte sie nicht empfinden. Manchmal versuchte Kai, es mit ihr zu diskutieren. – Man brauche einen einzigen Menschen auf der Welt, der die eigenen Reaktionen voll und ganz verstehe, erklärte er.

Während der ersten Depression hatte er selbst begonnen, sich über die »seelischen Mechanismen« und solcherlei Dinge zu informieren, und sich, als er allmählich wieder aufgelebt war, nur noch mit Menschen zu umgeben, die sich ebenfalls auf diesem Gebiet engagierten. Sie lernten für ein Examen (wie der Studiengang hieß, wusste sie nicht) oder hatten es bereits absolviert. Mit gekränkter Miene sprachen sie oft (nein, beinahe ausschließlich) darüber, wie misstrauisch die Ärzte ihnen gegenüber seien und forderten Kai in seiner Eigenschaft als Mediziner dazu auf, »für ihre Sache einzutreten«. Lulu hatte das vage Gefühl, sie würden ihn zu irgendetwas Mystischem verführen, an dem sie niemals teilhaben könnte, denn gemäß ihrer »Lehre« konnte sie ihn weder verstehen noch ihm helfen, weil sie ihm zu nahestand. Wenn seine Stimmung jedoch umschlug und er plötzlich wieder »Menschen um sich haben wollte«, war er überschwänglich glücklich und rücksichtsvoll: »Du warst großartig«, sagte er dann, »wie hätte ich das nur alles ohne dich durchstehen sollen?«

Lulu setzte sich einen Moment auf den Küchentisch und

strich sich mit einer müden Handbewegung das Haar aus der Stirn. Kais Stimme drang aus dem Wohnzimmer zu ihr – der wesentliche Unterschied zwischen einer Depression und einer Neurose ...

Sie sprang vom Tisch herunter und klapperte beim Einräumen unnötig laut mit dem Geschirr. Sie sprachen immer über solche Sachen. Psychoanalyse, Verdrängung, Hypnose, Depression, Neurose, Manie. Manchmal hatte sie geradezu Schuldgefühle wegen ihres eigenen langweiligen Seelenlebens, denn in diesem Kreis erschien es ihr ein wenig armselig, dass sie inmitten einer wahnsinnigen und kriegsgebeutelten Welt an den notwendigen kleinen Dingen festhalten konnte, vor deren Hintergrund sich ihr Leben entfaltete. Aber sie war unheilbar normal, wenngleich Kai mitunter behauptete, sie habe lauter Hemmungen und Komplexe, die sie sich nicht eingestehen wolle. »So wie unsere Welt gerade aussieht«, sagte er, »ist es doch viel seltsamer, mit sich im Reinen zu sein, als einfach aufzugeben.« Er betrachtete sie mit kühler Verwunderung, als wäre sie ein Katzenjunges, das inmitten von rauchenden Ruinen spielt. Sie hätte zu gerne gewusst, wie er reagieren würde, wenn sie eines Tages »aufgäbe«.

Lulu zog die Schürze aus und ging hinaus ins Badezimmer, um sich ein wenig in Ordnung zu bringen, ehe sie wieder zu den Gästen zurückkehrte. Gott weiß, ob sie vor Mitternacht wieder zur Tür hinaus waren. Kai schlief so schlecht trotz Schlaftabletten und Beruhigungsmitteln, aber manchmal machte es auch nichts, dass er nicht schlief. Dann weckte er sie frühmorgens, war kindlich froh und unternehmungslustig, küsste sie liebevoll, spielte mit Bent und schmiedete die wildesten Zukunftspläne. Sie hatte sich angewöhnt, ihnen so zuzuhören, wie sie dem eifrigen, unbeholfenen Geplapper des Kindes zuhörte. Sie bräuchten ein Einfamilienhaus oder ein Bauernhaus mit blauen Fensterläden und Strohdach oder wenigstens einen Hundewelpen – man könne so viel von Tieren lernen: sie neurotisch machen, ihre Reflexe konditionieren usw. Außerdem sei es falsch, dass sie sich so einigelten und nie einen Menschen sahen. Das sei auch für Lulu ungesund – –

In dieser Stimmung war er auch am Morgen gewesen und hatte alle Welt telefonisch eingeladen. Den ganzen Tag hatte er ihr bei den Vorbereitungen zum Fest geholfen. Alles war auf Pump gekauft, alles wurde immer erst im letzten Moment abbezahlt. Sie musste einen Umweg gehen, um nicht an den Läden vorbeizukommen, wo sie bereits hatten anschreiben lassen. Schulden zu machen war kein Problem für Kai, der in vielen anderen Dingen so sensibel war. Lulu quälte es dafür umso mehr. Menschen einzuladen und sie mit Essen und Wein abzufüllen, was noch nicht bezahlt war, raubte ihr die halbe Freude. Und sie hatte sich fast den ganzen Tag über gefreut, weil Kai sich auch freute. Er öffnete Dosen, temperierte den Rotwein und beriet sie zu Kräutern und Gemüsesorten, die bei Tisch für Abwechslung sorgten.

Mittendrin nahm er Bent auf den Schoß und führte verschiedene Tests mit ihm durch, die seinen Intelligenzquotienten ermitteln sollten. Heute war er besonders hoch, und das Kind jubelte, als es richtig geraten hatte: Papa froh, schrie es, und Kai war für einen Moment gerührt und nachdenklich, während er den Jungen wieder in den Laufstall setzte: »Es ist schrecklich, dass auch andere darunter leiden müssen, wenn es einem selbst so geht«, sagte er. Sie hatte ihn warmherzig angesehen und mit den Händen sein feines, schmales Gesicht umschlossen, das bereits unauslöschlich gezeichnet war von diesem geheimnisvollen inneren Schmerz, von dem sie ihn nicht befreien konnte. »Ein Tag wie dieser wiegt die ganze traurige Zeit doch für uns alle auf«, sagte sie leise.

Aber es war schwer, Kai die ganze Zeit gerecht zu werden. Er riss ein Buch aus dem Regal und las ihr, während sie am Herd über einer Pfanne mit Rührei stand, aus einem seiner Lehrbücher mit den vielen roten Unterstreichungen vor. Seiner Stimme konnte sie anhören, wann sie lächeln oder verständnisvoll nicken sollte. Sie fühlte sich wie ein Idiot. Die Worte erreichten sie nicht, sie horchte nur auf den Eifer und die Begeisterung in seiner Stimme und dachte währenddessen an tausend andere Dinge: Wie sollten neun Menschen an den Esstisch passen? Ihnen fehlten zwei Gläser, und eins war angestoßen, das konnte sie selbst nehmen. Mit etwas gutem Willen konnten drei Leute auf dem Sofa sitzen.

Kai stürmte wieder zum Kind hinüber, er wollte irgendwelche Zeichnungen aus seinem Buch an ihm erproben. Ein hässlicher und ein hübscher Kopf. »Welcher der beiden Köpfe hier ist hässlich und welcher hübsch?« Ängstlich wartete sie das Ergebnis ab. Kais schmale, geduckte Gestalt erschien im Türrahmen, seine Stirn war gerunzelt: »Ich verstehe das nicht«, sagte er, »ein zweijähriges Kind sollte das eigentlich schaffen, und Bent ist doch so begabt! Vielleicht stimmt irgendetwas mit dem Test nicht.«

Doch kurz darauf hatte er es schon wieder vergessen und rannte die Treppen hinunter, um Staudensellerie zu kaufen. Käse ohne Staudensellerie konnte man den Leuten doch nicht anbieten!

Schon bevor die Gäste eintrafen, war sie nicht mehr in der Lage, ihre Müdigkeit zu verbergen. Ihr Haar war platt von den Küchendämpfen, ihr einziges passables Kleid spannte in der Taille. Die gesunden, hübsch gepuderten Mädchen (die Mädchen in diesem Kreis verausgabten sich im Studium nie so sehr, dass es ihrem Aussehen schadete), denen sie die Tür öffnete, gaben ihr das Gefühl, selbst hässlich und plump zu sein. Nachdem sich alle eingefunden hatten, saßen sie eine Weile rauchend und plaudernd beisammen, und immer wenn Lulu hinausging, rief Kai: »Wo willst du denn jetzt hin? Komm, setz dich doch mal in Ruhe zu uns.« »Er ist wie ein kopfloses Huhn, wenn du nicht im Wohnzimmer bist«, sagte eines der Mädchen neckend, während sie Kai mit klaren, strahlenden Augen ansah. Er war nicht wiederzuerkennen. Weißes Hemd, im letzten Moment gebügelt, und in den Augen dieses seltene humorvolle Funkeln, das sie aus ihrer Verlobungszeit kannte, und das er nie mehr nur an sie allein verschwendete. Warum nicht? Er liebte sie, er war abhängig von ihr, aber er liebte auch die Bewunderung anderer. Er war wie ein eitles Kind, ein schwieriges Kind.

Sie blinzelte ein wenig ins Licht, als sie wieder ins Wohnzimmer kam, und ihr Blick suchte Kais. Jetzt war er gut aufgelegt, vollkommen glücklich, der Mittelpunkt der Runde. Er redete ununterbrochen, die dünnen Finger zeichneten Kurven in die Luft, wenn er etwas erklären wollte. Alle Flaschen und Gläser waren leer, die Tischdecke fleckig von Rotwein und Sauce, die Luft dick und stickig vom Rauch. Sie setzte sich offenbar unbemerkt, jedenfalls konnte keiner die Augen von Kai losreißen, weder die Männer noch die Frauen. Plötzlich verspürte sie den beinahe unwiderstehlichen Drang, die Augen zu schließen und zu schlafen. Ein dunkelhaariges Mädchen, das sie vom Sommer kannte, als sie einmal wöchentlich einen psychologischen Studienkreis veranstalteten, lächelte sie an und rutschte auf dem Sofa zur Seite, um ihr Platz zu machen. »Du siehst müde aus, Lulu«, bemerkte sie mitfühlend. Doch Lulu richtete sich erschrocken auf ihrem Stuhl auf und lächelte leer in die Luft hinein: »Ich bin kein bisschen müde«, sagte sie hastig, und im selben Atemzug: »Ist es nicht schön, dass Kai wieder so gesund geworden ist?«

Sie sahen ihn beide an. Dann sagte das junge Mädchen voller Wärme: »Er ist begabter als wir alle zusammen, es ist so schade, dass er seine Fähigkeiten nicht voll ausschöpfen kann.«

Lulu antwortete nicht. War es denn ihre Schuld, dass er seine Fähigkeiten nicht voll ausschöpfen konnte? Hatte ihr liebender und allzu fruchtbarer Körper ihn zu Alltag und Tristesse verdammt? Von Schuldgefühlen sollte ihn sein Analytiker auch befreien, aber wer befreite sie? Sie betrachtete ihren Mann noch immer. Dieser magere, harmonisch gebaute Körper, die brennenden Augen, die Wörter, die über seine hübsch geschwungenen Lippen strömten. Ja, jetzt ist er glücklich, dachte sie, diese Menschen vergöttern ihn, er braucht mich nicht. Und wenn sie gegangen sind, dachte sie mit einem Mal, wird er mich die restliche Nacht wach halten, indem er über das Fest redet, und ich muss ihm unbedingt beipflichten, dass seine Freunde die großartigsten Menschen sind – alles, was ihm wichtig ist, soll ich auch mögen und trotzdem wissen, dass ich den anderen nicht das Wasser reichen kann – und mit dem werdenden Kind bin ich ganz allein. Wenn er es erwähnt, dann nur als zusätzliche Belastung, wie eine Metzgerrechnung oder einen hartnäckigen Gläubiger.

Sie reden rings um sie herum, über ihren Kopf hinweg, und all diese Bitterkeit bricht in ihrer Seele hervor, ohne dass sie sie eindämmen kann, und erfüllt ihre Sinne wie ein giftiger Dampf. Sie versteht es nicht und hat noch nie zuvor so empfunden. Sie, die immer bereit war, ihn zu entschuldigen, und die sich monatelang schützend zwischen ihn und die Außenwelt stellen musste. Die ihre Familie und ihre Freundinnen mit allen möglichen Ausreden fernhielt und Freunde wegschickte, wenn sie an der Tür klingelten, so unendlich verständnisvoll: Ist er wieder depressiv, du liebe Güte, was dieser Mann alles durchmacht! Selbst gegen Bent konnte sie sich wenden, wenn er störte: Dein Vater braucht Ruhe!

Sie hatte sich etwas ganz anderes vorgestellt, als sie heirateten, was, wusste sie nicht genau. Eine Freundin hatte sie miteinander verkuppelt: »Heute Abend kommt so ein umwerfend gut aussehender und intelligenter Typ, den musst du kennenlernen!«

Dieser »umwerfend gut aussehende Typ« war jetzt wieder da. Er sprach mit einem blassen jungen Mann, den Lulu nicht ausstehen konnte, weil er immer so eindringlich fragte, ob es ihr auch »gut gehe« und sich, wenn sie es bejahte, mit einer zweifelnden und besserwisserischen Miene von ihr abwandte, als könnte es seiner Definition gemäß niemandem einfach »gut gehen«, und wenn es wirklich zuträfe, interessierte ihn diese Person nicht. Er selbst sah aus, als litte er ständig unter Verdauungsbeschwerden; Kai redete eindringlich auf diesen Menschen ein, eifrig vorgebeugt, mit seinem ganzen Wesen zugewandt, so wie auch Kinder vollkommen von dem eingenommen sind, was gerade in ihrer Nähe ist: »Die Psychiater wollen diese analytische Methode nicht anerkennen«, sagte er,

»aber das werden sie noch, verlass dich drauf. Keiner von denen hat auch nur die leiseste Ahnung von seinem Gebiet.«

Lulus Bitterkeit sammelte sich zu einem kleinen harten Knoten dort, wo normalerweise das Herz war. Sie stand plötzlich auf, sehr müde und ohne jemanden anzusehen: »Habt ihr etwas dagegen, dass ich ins Bett gehe, ich bin sehr müde«, sagte sie laut und deutlich, und es wurde augenblicklich still. Endlich sah Kai sie mit einem wütenden, kalten, gereizten und leicht verwirrten Ausdruck an.

»Du bist müde?«, fragte er, als hätte sie etwas Unpassendes, Unerhörtes, beinahe Unanständiges gesagt. Dann runzelte er die Stirn und fuhr sich mit der Hand über das Haar, ratlos, als würde er Hilfe suchen, nachdem ihm etwas Ungerechtes widerfahren war. Die Männer sahen die Frauen an, die Frauen die Männer. Zwischen ihnen wuchs etwas Verschwörerisches und schloss Lulu aus, aber sie blieb aufrecht und verzog keine Miene, während sie sich erhoben und verabschiedeten.

Als die Tür hinter dem letzten Gast geschlossen war, richtete er seine Wut gegen sie: »Was zum Teufel bildest du dir ein?«, schrie er. »Besitzt du denn nicht mal einen Funken Höflichkeit?« Er sah aus, als wollte er sie schlagen. Dann bemerkte er, dass ihr Gesicht nass war von Tränen, die langsam zwischen ihren Wimpern hervorsickerten, und betrachtete sie einen Moment verwundert. Er hatte sie noch nie weinen sehen. Befangen legte er den Arm um sie und führte sie zum Sofa, wo sie sich an ihn schmiegte und müde und weinend zitterte wie ein kleines, schutzbedürftiges Tier. Er holte die Bettdecke, breitete sie über sie, stand da und sah sie an, gebeugt und schmächtig wie ein kleiner Junge. Der Glanz in seinen Augen war weg, die Feststimmung auch. Draußen begannen die Vögel zu zwitschern. Er sank auf die Knie und strich ihr sanft über das Haar. Sie ergriff seine Hand, legte sie an ihre Wange und sah hilflos fragend zu ihm auf, aber er zog die Hand behutsam wieder zurück.

»Wir sind zwei arme Menschen«, sagte er leise und mehr zu sich selbst.

DAS MESSER

Er lag da und betrachtete seine schlafende Frau so ernst und eingehend, als wäre sie eine mathematische Aufgabe, die gelöst werden müsste, ehe er sich anderen Dingen zuwenden konnte. Kurz bevor er sie am Morgen weckte, empfand er ihr gegenüber immer eine gewisse Zärtlichkeit, die jedoch schnell wieder verflog und die seine Frau nur selten zu spüren bekam. Er hörte den Sohn in seinem Kinderzimmer umherschleichen, leise husten und mit sich selbst reden. Dem Kind war es strengstens verboten, seine Eltern zu wecken.

Er drehte sich zur Wand und rief: »Ester, es ist jetzt acht Uhr.«

Das war sein üblicher Morgengruß. Zu den Pflichten, die er aus ungeklärten Gründen auf sich nahm, zählte auch, sich seiner Familie gegenüber kühl und vorwurfsvoll zu verhalten, um seine Haltung gegenüber dem Leben im Allgemeinen auszudrücken und sein Selbstbild eines rationalen Menschen zu stärken, der alle Gefühligkeit verachtete. Er hatte kein Porträt von seiner Frau auf dem Schreibtisch seines Büros stehen, und er rannte auch nicht wie seine Kollegen mit kleinen Fotografien seiner Nachkommen durch die Gegend, um sie bei jeder Gelegenheit vorzuzeigen. In seinen Gedanken waren die beiden dagegen immer präsent, doch welcher Art seine Verbindung zu ihnen war, konnte er nicht erklären, und sie im Übrigen auch nur schwer auseinanderhalten. Sie waren wie Schatten in seinem Inneren, Hirngespinste, die er nicht loswurde, Produkte einer Schwäche in ihm, die er mit aller Macht überwinden wollte. Sie stellten sich seinen Plänen in den Weg, lenkten ihn ab und reizten ihn immer genau dann, wenn er all seine Energie gebraucht hätte. Oft dachte er: Ohne sie wäre mein Leben ganz anders verlaufen. Er hatte Ester schon während des Studiums kennengelernt. Er wusste nicht genau, ob er sie geheiratet hätte, wenn es nicht plötzlich zwingend geworden wäre. Diese Frage stellte er sich selbst jeden Tag mehrmals, ohne je eine Antwort zu finden und ohne näher darüber nachzudenken, welchen Wert diese Antwort in Anbetracht der Tatsachen überhaupt für ihn gehabt hätte. Doch ihm gefiel der Gedanke nicht, dass sein Leben von Zufällen beherrscht sein könnte. Dinge und Menschen waren etwas, das man sich nahm, wenn sie einem ganz bestimmten Zweck dienten. Man benutzte sie für etwas, andernfalls wurde man selbst benutzt.

Er setzte sich im Bett auf und blickte schweigend hinüber zu seiner Frau, die im Unterrock vor dem Kosmetiktisch saß und ihr Haar richtete, und er betrachtete ihren halb nackten Körper so unbeeindruckt, als wären sie schon seit fünfundzwanzig Jahren verheiratet. Sie lächelte ihn im Spiegel an, mit einer unsicheren und schuldbewussten Haltung, die eine natürliche Folge seiner eigenen war und die ihn nichtsdestotrotz ärgerte.

»Warum in Gottes Namen ziehst du dir nichts Ordentliches an, bevor du dich frisierst?«, fragte er mürrisch.

Ohne zu antworten, stand sie hastig auf und ging hinüber zum Kind. »Guten Morgen, mein Schatz«, sagte sie in einem Tonfall, als wäre er noch ein Baby.

Sie verdarb den Jungen. Sie saugte alle Selbstständigkeit aus ihm heraus, indem sie ihn so mütterlich verhätschelte. Aber er würde es den beiden schon noch zeigen – er hatte nur noch keine klare Vorstellung davon, was er ihnen »zeigen« wollte. Er blickte auf seine Armbanduhr, war mit einem Satz aus dem Bett und nieste fünf oder sechs Mal, ehe er sich ankleidete. Er litt unter einem morgendlichen Schnupfen, der nichts mit einer richtigen Erkältung zu tun hatte. Es sei etwas mit den Nerven, hatte der Arzt gesagt. Vor seiner Hochzeit war er immer kerngesund gewesen.

Er ging ins Badezimmer und hörte von dort aus, wie sie sich in der Küche bewegte, jetzt füllte sie gerade den Wasserkessel unter dem Hahn. Vorsichtig ließ er das Rasiermesser über seinen vorstehenden Adamsapfel gleiten. Der Junge war auffallend still. Ob er wieder ins Bett gegangen war? Normalerweise rannte er seiner Mutter morgens hinterher und plapperte in einem fort. Es war ziemlich interessant, was Kinder sagten, wenn sie nicht wussten, dass man ihnen zuhörte. Er stellte erstaunt fest, dass er das Geplapper beinahe vermisste. Die Macht der Gewohnheit, dachte er zerstreut.

Als er ins Esszimmer kam, gab sie dem Jungen gerade seine Haferflocken. Sie warf ihm einen kurzen Blick zu. »Ich bringe gleich den Kaffee«, sagte sie.

Er nickte kurz, setzte sich dem Sohn gegenüber und betrachtete ihn eingehend. Das Kind mied seinen Blick und kippelte nervös mit dem Stuhl.

Er muss irgendetwas angestellt haben, dachte der Vater.

Plötzlich schöpfte er einen Verdacht. Sein Gesicht verzog sich, als hätte er etwas Bitteres probiert.

»Zeig Papa doch mal dein Messer«, bat er sanft.

Der Junge hatte das Fahrtenmesser zu Weihnachten bekommen, und seither erkundigte sich der Vater in regelmäßigen Abständen danach. Das Kind gab nicht ordentlich auf seine Sachen acht, und wenn ein Spielzeug abhandenkam, ersetzte seine Mutter es so weit wie möglich mit etwas Identischem, um Ärger vorzugreifen. Ein kurzsichtiges, egoistisches Manöver, das im Übrigen zwecklos war, weil der Schwindel in der Regel aufflog. Abgesehen von einigen Ausnahmen, darunter einem Cowboyrevolver, einem Stirnband mit Indianerfeder und einem Plastikpuzzle, war es ihm immer mit hundertprozentiger Sicherheit gelungen, ihren Tricks auf die Schliche zu kommen. Man musste kein Genie sein, um den Unterschied zwischen einem gebrauchten und einem neuen Gegenstand zu erkennen. In den drei genannten Fällen hatte er die Sache auf sich beruhen lassen. Er hatte einen großen Gerechtigkeitssinn und glaubte lieber an eine Lüge, als Menschen zu Unrecht für etwas zu beschuldigen, das sie gar nicht getan hatten.

Mit dem Messer verhielt es sich allerdings anders. Er hatte es selbst im Alter von sechs Jahren von seinem Vater geschenkt bekommen, und als er es seinem eigenen Sohn an Heiligabend überreichte, bläute er ihm sorgfältig ein, dass mit dem Besitz eine ganz besondere Verantwortung einherging. Im Gegensatz zu allem anderen, was das Kind bislang besessen hatte, war es vollkommen unersetzlich. Als der Junge darum bat, es sich ansehen zu dürfen, betrachteten sie zu dritt die ziselierte Klinge und die blank gescheuerte Scheide mit jener Andacht, die mit dem Bewusstsein einherging, dass für den Vater eine Menge wertvoller Erinnerungen damit verknüpft waren. Er erklärte, wie er es als Kind immer in seinem Pfadfindergürtel getragen und sich über die anderen Kinder, die kein solches Messer besaßen, erhaben gefühlt hatte. Der Junge und die Mutter wussten, dass es unter allen Geschenken im bisherigen Leben des Vaters genau dieses war – im Übrigen waren es nicht viele gewesen, damals wurden die Kinder noch nicht so verwöhnt –, über das er sich am meisten gefreut hatte. Nun hatte er es an seinen Sohn weitergegeben, der gerade fünf geworden war, und nur dafür hatte er sein ganzes Leben lang so gut darauf achtgegeben. Jedenfalls kam es ihm jetzt so vor.

Der Junge errötete und sah ihn erschrocken an. Seine großen Augen waren angsterfüllt.

»Es – es ist weggekommen«, flüsterte er.

Er umklammerte seinen Löffel so sehr, dass die kleinen Knöchel weiß hervortraten.

Die Mutter schenkte dem Vater Kaffee ein. Ihre Hand zitterte.

»Wir finden es bestimmt wieder«, sagte sie schnell.

Er nahm Zucker und Sahne und rührte im Kaffee herum, während sie neben ihm stehen blieb und nervös ihre Schürze zwischen den Fingern zwirbelte. Er blickte mit zusammengepressten Lippen zu ihr auf.

»Du wusstest es also«, erwiderte er kalt, »was hast du denn gedacht, wie lange mir das nicht auffallen würde?«

Sein Herz klopfte laut und heftig vor Zorn. Das ist ja wohl der Gipfel, dachte er.

Sie setzte sich neben den Jungen, der immer noch seine Hand fest um den Löffel presste, ohne zu essen.

»Es ist gestern verschwunden«, antwortete sie und sah auf die Tischdecke herab. »Ich dachte, es würde wieder auftauchen, das wäre nicht das erste Mal. Nun komm, iss deinen Haferbrei, mein Schatz.«

Sie tätschelte dem Kind den Kopf.

Er trat in den Flur, um seinen Mantel zu holen.

»Ich würde euch raten, es bis heute Abend zu finden«, sagte er.

Dann ging er, ohne sich zu verabschieden.

Den ganzen Tag über dachte er nur an das abhandengekommene Messer. Er war ein kleiner Junge und ging auf einem überwucherten Pfad durch den Wald hinter seinem Elternhaus. Das Messer blitzte vor ihm in der Sonne auf, die Sonne glänzte auf der Klinge. Er schnitt Weidenzweige damit ab. Berauscht von seiner Macht entschied er, welche Äste verschont wurden und welche seinem Messer zum Opfer fielen. Er säbelte einige ab, die schwach und kraftlos aussahen und die er nicht gebrauchen konnte, und beschloss im letzten Moment, dass ein starker und widerstandsfähiger Ast weiterleben sollte. Die Weidenzweige waren Feinde in einem geschlagenen Heer. Eigenwillig und launisch hieb er auf sie ein. Stolz zeigte er seinen Schatz einem anderen Jungen, der das Messer auch in der Hand wiegen durfte. Der andere gab es ihm zurück und sah ihn an, als wäre das Messer nichts Besonderes. Große Wolken zogen am Himmel vorüber. Die anderen verstanden nicht, dass er zu etwas Siegreichem und Strahlendem bestimmt war. Er spürte das Messer an seiner Hüfte und war stark und allein in der Wildnis. Es kam aus Finnland, sein Vater hatte es von einer Geschäftsreise mitgebracht. Ein solches Messer gab es in ganz Dänemark nicht. Er spielte »Land« mit einigen Kameraden und trieb das Messer so hitzig in die Erde wie in das Herz seines ärgsten Feindes. Die Klinge ragte senkrecht auf und vibrierte leicht, mit einem singenden, kaum hörbaren Ton. Er zeichnete einen Kreis um seine Füße. »Wer den Strich übertritt, den töte ich!«, rief er. Niemand versuchte, den Strich zu übertreten. Die anderen plauderten friedlich außerhalb des Kreises und ließen ihn in der Mitte stehen und das Messer schwingen. Er konnte mit ihren Spielen nichts anfangen, und sie verstanden die seinen nicht. Noch vor seiner Einschulung war er auf den Geschmack der Einsamkeit gekommen. Er wertete sie als Zeichen dafür, dass er anders war und vom Schicksal auserkoren, es als Mensch weit zu bringen. Auf dem Schulweg sprach er laut mit sich selbst, wenn niemand in der Nähe war. Er war Heerführer und konferierte mit feindlichen Staatsoberhäuptern. Er bediente sich listiger, doppeldeutiger Formulierungen, die er aus Romanen von Carit Etlar und B. S. Ingemann hatte. Lange war Napoleon sein großer Held. Er stellte sich vor, dass er seinem Vater ähnlich gewesen sein musste, einem schweigsamen und stutzigen Mann mit einem unberechenbaren, rätselhaften Wesen. Seine Mutter redete dagegen viel und wirr daher, bis sie den Vater plötzlich ansah und verstummte. Sie stritten sich nie. Trotzdem lag etwas Geheimnisvolles zwischen ihnen. Er hatte das Gefühl, auf irgendeine dunkle Art seien sie Gegner, und wenn es so war, hielt er zu seinem Vater. Abends saß er in ihrer Mitte und betrachtete sein Messer. Es war kein Spielzeug, sondern eine Waffe, für den Einsatz geschaffen, wenn die Zeit reif war. Finnische Seeleute trugen immer solche Messer.

Er erledigte wie üblich seine Arbeit und verteilte Aufgaben an die Bürodamen. Eine seltsame, dunkle Aufgeräumtheit erfüllte ihn. Die Zeit war gekommen, einzugreifen, entscheidend und radikal. Sie würde ihren Sohn nicht verderben.

Plötzlich sah er das kleine, verängstigte Gesicht vor sich, und eine Art Mitleid streifte ihn, etwas, von dem er nichts wissen wollte. Das Messer bohrte sich auf einem unsichtbaren Weg in seine Gedanken und schnitt jede überflüssige, schädliche Schwäche weg. Er sollte für die Stärke in der Erziehung des Kindes stehen, für den Ernst, das Verantwortungsgefühl. Doch der Junge rannte immer zu seiner Mutter und suchte Schutz bei ihr. Wenn das so weiterging, würde er es später im Leben einmal schwer haben. Er hatte dieselben weichen Züge wie sie.

Der Mann presste die Lippen zusammen und runzelte die Stirn. Ich habe sie gewarnt, dachte er. Ich habe mir schon genug gefallen lassen. Im weiteren Verlauf des Tages spürte er, wie sich allmählich etwas in ihm löste, das sich seit Langem in ihm aufgestaut und seine Seele wie eine unerträgliche Last bedrückt hatte. Sie hatten sich eine Welt ohne ihn aufgebaut, obwohl sie nur dank ihm existierten. Sie hatten Angst vor ihm und zogen sich von ihm zurück. Heute Abend würde er ihnen zeigen, wer der Stärkste war. Der Einzige auf der Welt, der seinen Sohn effektiv beschützen konnte. Das Verschwinden des Messers hatte das Fass zum Überlaufen gebracht. Er hatte das vage Gefühl, schon damit gerechnet zu haben, als er es dem Jungen geschenkt hatte. Immer verschlampte er alles. Nichts, was man für Geld kaufen konnte, besaß einen Wert für ihn. Und wer schaffte das Geld heran? Plötzlich hatte er ein verschwommenes Bild von sich als alterndem Mann vor Augen, mit einem gescheiterten, haltlosen Sohn, für dessen Ausschweifungen und Spielschulden er aufkommen musste. Und seine Frau scharwenzelte immerzu um den Jungen herum, verteidigte ihn, versuchte seine Fehltritte zu vertuschen und war schuldbewusst und fern, in ihrem Mutterdasein versunken, verloren für alle außer ihrem Kind. So weit durfte es nicht kommen. Er war ein starker, rationaler Mensch, der sich nicht vom Zufall leiten ließ. Er war derjenige, der andere benutzte. Er würde alle Chancen ergreifen, die sich ihm boten, würde Kontakte knüpfen und ohne Skrupel an den Dienstälteren vorbeiziehen. Leute, die es weit bringen wollten, brauchten jedoch ein heiles Privatleben.

Große Pläne, die lange auf Eis gelegen hatten, tauchten erneut in seinen Gedanken auf. Pläne, an deren Durchführung er heute glaubte.

Kurz vor Feierabend saß er pfeifend in seinem Büro. Durch die Glastür sah er, wie sich die Damen erstaunt auf ihren Stühlen umdrehten. So fröhlich kannten sie ihren Chef gar nicht.

Er saß im Bus nach Hause und näherte sich ihnen wie ein unaufhaltsames Schicksal. Bislang war es nie zu einem offenen Streit zwischen Ester und ihm gekommen, denn schon ein hartes Wort genügte, und ihre Lippen zuckten, als würde sie gleich weinen. Die übliche Verteidigung der Frau. Manche Männer ließen sich ihr ganzes Leben von Frauentränen schikanieren. Er aber nicht. Damit war jetzt Schluss. Schonungslos würde er Worte aus seinem wütenden Herzen herausschlagen und ein unsichtbares Messer zwischen sie und den Jungen schleudern. Brennende, wahrhaftige Worte. Für einen kurzen Moment würde das Kind sehen, dass es bei seiner Mutter keinen Schutz mehr fand. Mit einem Schlag würde sich sein Lebensschwerpunkt auf den Stärkeren verlagern. In Gedanken bereitete er seine Taktik vor: ganz ruhig, freundlich und bestimmt anzufangen, um dann plötzlich seinen Ton zu ändern und sich in die erhabene, reine und befreiende Sphäre von Zorn und

Macht aufzuschwingen. Wenn die beiden dann vollkommen aufgelöst waren, würde er seinen Ausbruch beenden und den Jungen auf den Schoß nehmen: Versprichst du deinem Vater denn, dass du nie wieder etwas verlierst? Gut, dann reden wir nicht mehr über das Messer!

Er blickte zum Himmel auf, als er aus dem Bus ausstieg: ein blauer Frühjahrshimmel. Ein kalter Windhauch wehte ihm entgegen, als er um die Ecke bog und die Straße entlang in Richtung Zuhause spazierte. Ohne Eile, aufrecht und selbstsicher.

Er blieb abrupt stehen. Das Kind rannte mit glühenden Wangen auf ihn zu. Seine Augen strahlten vor Freude:

»Papa«, rief es atemlos, »wir haben das Messer wiedergefunden. Ich hatte es oben bei Preben vergessen!«

Verblüfft starrte er auf seinen Sohn herab. Seine Schultern senkten sich unmerklich. Etwas stürzte in ihm zusammen wie ein Kartenhaus. Mechanisch nahm er die Hand des Jungen und drückte sie.

»Was für ein Glück«, sagte er tonlos. Sein Herz schlug unregelmäßig, als wäre er eine längere Strecke gerannt. Seine Beine fühlten sich so schwer an. Seine klaren, scharfsinnigen Gedanken verhedderten sich plötzlich zu einem zähen, undurchdringlichen Dickicht. Etwas versank mit schwindelerregender Hast in ihm, eine Hoffnung vielleicht. Nichts hatte sich geändert, vielleicht gab es gar keinen Weg zur Veränderung. Oben in den Zimmern wartete seine Frau. Erleichtert würde sie ihm das Messer zeigen. Wie immer würden sie drüben in der Küche stehen und leise miteinander reden, während er dasaß und auf das Essen wartete, grüblerisch, einsam, gereizt.

Der Junge sah ängstlich zu ihm auf. Er musste rennen, um mit den langen Schritten seines Vaters mitzuhalten.

»Warum siehst du nicht glücklich aus, Papa?«, fragte er beklommen.

Er bekam keine Antwort.

EIN GUTES GESCHÄFT

Der Immobilienmakler hielt mit seinem Wagen vor dem Karree, in dem das junge Paar wohnte, das Häuser ansehen wollte. Mit einem breiten Lächeln öffnete er die Wagentür und ließ sie einsteigen. Er fand sie beide sehr sympathisch. Der Mann war Anfang dreißig, sein Gesicht zeugte von einem festen Charakter und der Fähigkeit, im Leben voranzukommen. Seine Frau, die hochschwanger war, sagte nicht viel. Augenscheinlich schwebte sie auf einer rosaroten Wolke der Verliebtheit und war voller untertäniger Bewunderung für all das Geschäftliche, von dem sie nichts verstand. Ein unkompliziertes Paar. Ihnen war ein Erbe in den Schoß gefallen, über dessen Höhe er genau unterrichtet war. Alles in allem – er ließ den Motor an – Leute, die ihm keine größeren Probleme bereiten würden. Der Mann war zwar durchaus kritisch, aber der Makler hatte eine Schwäche für junge Menschen, die nicht auf den Kopf gefallen waren.

»Wir fahren heute nach Bregnerød«, sagte er. »Da habe ich etwas, das ideal zu Ihnen passen würde. Viereinhalb Zimmer mit Zentralheizung und einem entzückenden Garten. Sie müssen nur darüber hinwegsehen, dass das Haus ein wenig leer ist. Die Frau ist frisch geschieden und deshalb gezwungen, so schnell wie möglich zu verkaufen. Sie interessiert sich nur für die Anzahlung.«

»Was verlangt sie denn?«, fragte der Ehemann, für den diese Summe ebenfalls entscheidend war.

»Fünfundzwanzigtausend.« Er klopfte die Asche von seiner Zigarre ab. »Aber sie geht sicher noch herunter.«

»Hat sie Kinder?«, fragte die Frau und legte den Kopf auf die Schulter des Mannes, während sie an einem seiner Jackenknöpfe herumspielte.

»Das kann man wohl sagen.«

Der Makler lachte dröhnend.

»Ganze drei. Das eine liegt noch in der Wiege.«

»Ist die Heizung gut?«, fragte der Mann. Allmählich kannte er sich mit den heiklen Punkten aus.

»Alles top in Schuss. Der Mann hat sie gerade erst sitzenlassen.«

»Ach du liebe Güte«, rief die Frau mitfühlend aus, »mit drei Kindern!«

Sie blickte hastig zu ihrem Mann auf. So etwas würde er nie tun, dachte sie. Das Kind bewegte sich in ihr, und ihr ovales Gesicht bekam einen seligen, verträumten Ausdruck.

Ihr Mann registrierte mit einem gewissen Unbehagen, dass der Jackettkragen des Maklers mit grauen Schuppen übersät war. Wenn er eine höhere Position in der Firma bekäme, würde er auf genau solche Details achten, und einige Leute mit guten Zeugnissen wüssten nicht, warum sie übergangen worden waren. Der Gedanke gefiel ihm.

Das Auto rollte aus der Stadt hinaus und durch die Wohnviertel der Vororte. Die Frau sah lächelnd den Kindern nach, die hier spielten. In weniger als einem Monat würde sie einen Kinderwagen auf dem Rasen so hinstellen, dass dem Kleinen die Sonne nicht direkt ins Gesicht fiel. Ihr Garten. Ihr Kind. Sie mussten sich bald entscheiden.

»Na, hoffentlich gefällt dir dieses Haus«, sagte sie.

Er tätschelte ihr zerstreut die Hand. In letzter Zeit hatte er sich eingehend mit allen Finessen des Immobilienhandels auseinandergesetzt. Keiner konnte ihm eine herausgeputzte Bruchbude andrehen. Davon hatte er inzwischen genug gesehen.

»Was denken Sie, wie weit sie heruntergehen wird?«, fragte er und beugte sich zu dem Specknacken des Maklers vor.

»Ach, vier- bis fünftausend bestimmt. Frauen in einer solchen Lage können barem Geld nicht widerstehen.«

»Sie will es also unbedingt verkaufen?«

Er steckte sich eine Zigarette an und kniff die Augen zusammen, damit der Rauch nicht hineinzog.

Der Makler lachte erneut sein dröhnendes Lachen, das in einen Hustenanfall mündete.

»Darauf können Sie Gift nehmen. Sie hat nicht einen Knopf in der Tasche.«

»Du willst sie doch nicht über den Tisch ziehen?«, fragte die junge Ehefrau ängstlich.

»Misch dich nicht ins Geschäft ein.«

Er sah sie mit einer liebevollen Besitzermiene an.

»Immerhin geht es um unsere Zukunft. Und die des Kleinen«, fügte er sanfter hinzu.

Das Haus lag in einer Kleinstadt mit Bahnanschluss. Sie fuhren am Gasthof und der Kirche vorbei, die direkt nebeneinanderlagen, und die beiden Männer machten die üblichen Witzeleien darüber. Sie sah ein wenig unruhig vom einen zum anderen. Offenbar war es wegen der Frau, die unfreiwillig ihr Haus verkaufen musste, zu einem stillen Einvernehmen zwischen ihnen gekommen. Und was ist, wenn es uns nicht gefällt, dachte sie beklommen. Was ist, wenn niemand es kaufen will?

»So, da wären wir.«

Der Makler fasste sie väterlich am Ellbogen, um ihr aus dem Wagen zu helfen. Zu dieser Zeit konnte sie es nicht ausstehen, von anderen Menschen als ihrem Mann berührt zu werden, nicht einmal von Frauen. Sie verließ die Wohnung nur, wenn es unbedingt notwendig war.

»Nein, wie entzückend!«, rief sie beim Anblick des kleinen, rotgekalkten Hauses mit den blauen Fensterläden und einem vornehmen Eisenzaun um einen Garten, der von kundigen Händen gehegt und gepflegt worden war.

Ihr Mann versetzte ihr einen kleinen Knuff in die Taille, um sie an seine Mahnung zu erinnern, nicht in Begeisterung auszubrechen. Sie errötete leicht. Es fiel ihr schwer, sich zu verstellen.

Mitten auf dem Gartenweg wurde der Aufzug von einem acht- oder neunjährigen Jungen mit trotziger Miene gestoppt. Er stand breitbeinig da wie ein Mann, und zwischen seinen Augenbrauen ragte eine senkrechte Falte auf.

»Meine Mutter hat es sich anders überlegt«, sagte er grimmig und sah den Makler an, der ihn offenbar schon kannte. »Sie will das Haus doch nicht verkaufen.«

Der Makler lachte gutmütig und zückte sein Portemonnaie.

»Mir scheint, du könntest ein Eis vertragen«, sagte er. »Bitte schön – und los mit dir!«

Betont lässig warf der Junge die Münze in die Luft und fing sie wieder auf. Ohne sich zu bedanken, schlenderte er weiter.

»Kümmern Sie sich nicht darum«, sagte der Makler und warf seine Zigarre in eine Forsythienhecke. »Das ist neuerdings so eine fixe Idee von ihm.«

Sie blickte dem Jungen nach. Er trug keine Socken in den Schuhen, dabei war es Anfang Mai und noch kalt.

Die Frau öffnete ihnen die Tür und lächelte den Makler unsicher an, während sie die Gäste mit einer vagen Handbewegung hereinbat. Sie war irgendetwas zwischen 30 und 40. Ihr Gesicht war ziemlich hübsch, das Haar jedoch ungepflegt und glanzlos. Sie trug eine Schürze mit einem nassen Fleck, als käme sie gerade vom Spülen. Ein kleines fünf- oder sechsjähriges Mädchen hing an ihrem Rockzipfel und betrachtete die Fremden mürrisch. Der Makler tätschelte ihm die Wange. Er sah aus, als würde ihn das ein wenig Überwindung kosten, er hatte keine eigenen Kinder. Das Mädchen duckte sich verlegen unter seiner großen Hand zur Seite.

»Also dann!« Er rieb sich die Hände. »Sie müssen verzeihen, dass wir unangemeldet auftauchen, aber ich wusste nicht, dass Ihr Telefon abgestellt wurde. Ich hatte versucht, Sie zu erreichen.«

»Ich habe vergessen, die Rechnung zu bezahlen«, erwiderte die Mutter schnell und band ihre Schürze auf. »Bitte, kommen Sie doch herein.«

Sie ging vor ihnen vom Flur in ein großes Wohnzimmer, das durch eine Glastür von einem weiteren Zimmer getrennt war, aus dem beharrliches Babygeschrei drang.

Sie blickte zu der Tür.

»Ich wollte ihn gerade stillen«, sagte sie entschuldigend. »Aber das hat noch ein bisschen Zeit. Das ist also das Wohnzimmer«, erklärte sie und fügte mit einem wachsamen Blick auf die möglichen Käufer hinzu: »Bitte entschuldigen Sie die Unordnung – «

Die junge Ehefrau sah sich um. Auf dem Boden waren scharf abgegrenzte Flächen von kürzlich entfernten Möbeln zu sehen. An den ausgeblichenen Wänden brach die ursprüngliche Farbe in kleinen Vierecken hervor. Die wenigen Einrichtungsgegenstände waren mitten im Raum arrangiert, hastig und provisorisch, als hätte sich kurzfristig hoher Besuch angesagt. Die Sonne fiel schräg auf die Fensterbank, wo die Erde der Topfpflanzen so trocken war, dass sie Risse bildete.

Sie fror und zog ihren Mantel am Hals enger zusammen.

»Hier ist ja schön viel Platz«, sagte sie und warf ihrem Mann einen fragenden Blick zu.

Etwas freundlicher könnte er ruhig dreinblicken, dachte sie.

Er starrte zur Decke und deutete auf einen dunklen Fleck.

»Ist das Dach etwa undicht?«, fragte er misstrauisch.

Der Makler zuckte die Achseln.

»Nur eine Bagatelle«, antwortete er. »Ein zerbrochener Dachziegel. Es kostet vielleicht 4-5 Kronen, ihn zu reparieren.«

»So etwas sollte aber in Ordnung sein.«

Der junge Mann warf der Hausbesitzerin einen kühlen Blick zu. Das Babygeschrei war in ein resigniertes Wimmern übergegangen.

»Unseretwegen können Sie das Kind gerne stillen«, sagte die Ehefrau schnell. »Herr Henriksen kann uns doch derweil herumführen.«

Sie war allmählich erschöpft vom Stehen. Es ist nur gut, dass er so etwas bemerkt, dachte sie und versuchte das traurige

Gefühl loszuwerden, das sie befiel. Leute, die ihre Häuser verkaufen, verbergen doch immer die Mängel.

Ihr Mann sah sie an, und der Ausdruck in seinen Augen wurde milder.

»Aber nun setz dich doch, Grete«, sagte er und konnte sein instinktives Unbehagen beim Anblick der fremden Frau endlich an etwas festmachen. Sie als Mutter sollte ja wohl wissen, dass man einer schwangeren Frau zumindest einen Stuhl anbot.

Der Makler lachte erneut. In seinem Bauch schepperte es wie in einer leeren Tonne, die mit einem Tritt die Böschung hinabbefördert wird. Er warf Grete einen fürsorglichen Blick zu, als sie sich setzte.

»Männer sind nun einmal so«, bemerkte er überflüssigerweise und schüttelte bedauernd den Kopf. »Sollen wir nach oben gehen? Stillen Sie nur das Kind, gute Frau. Ich werde das schon allein meistern.«

Die Frau zögerte ein wenig, als hätte sie kein großes Vertrauen, dass er alles zu ihrer Zufriedenheit »meistern« würde. In der Pause, die entstand, ertönte plötzlich die klare Stimme des kleinen Mädchens. Es hielt sich noch immer am Kleidzipfel der Mutter fest.

»Wenn es regnet, platscht das Wasser direkt durch die Decke.«

Mit einem nervösen Ruck befreite die Mutter ihr Kleid. Ihre Wangen röteten sich vor Wut.

»Du hältst jetzt den Mund«, sagte sie drohend.

Das Mädchen hielt sich den Arm vor das Gesicht, als fürchtete es eine Ohrfeige. Es hatte dieselbe trotzige Miene wie kurz zuvor der Bruder.

Der Makler konnte sich kaum noch halten vor Lachen.

»Die Kinder verjagen noch alle Käufer, wenn Sie nicht aufpassen«, sagte er. Und mit einem Mal war die Heiterkeit aus seinem Gesicht gewichen, als wäre sie von einer unsichtbaren Hand weggewischt worden. Grete sah plötzlich etwas in seinen Augen aufblitzen, das eine leise Angst in ihr weckte. Sie lächelte dem Kind zu, das nicht zurücklächelte.

»Ach ja, sie sind bestimmt traurig, ihr Zuhause verlassen zu müssen«, sagte sie freundlich. »Das ist doch ganz natürlich.«

Der Makler nickte und schnitt eine neue Zigarre an.

»Kinder verstehen nicht, was zu ihrem eigenen Besten ist.«

Er sah die Mutter vielsagend an, als erwartete er, dass sie ihm zustimmte.

Der Ehemann runzelte die Stirn.

»Stimmte es, dass es hereinregnet?«, fragte er im Verhörton.

Die Frau errötete bis an den Hals, wie ein Kind, das man bei einer Lüge ertappt hatte. Sie öffnete den Mund, um zu antworten, aber der Makler kam ihr schnell zuvor.

»Völliger Unsinn«, antwortete er knapp.

Seine Erscheinung vermittelte nach wie vor jene vertrauenswürdige Jovialität, die sein Beruf erforderte, aber Grete entdeckte erneut einen warnenden oder drohenden Ausdruck in seinen blassen Augen, der bei ihren früheren Hausbesichtigungen nicht da gewesen war, und sie konnte die Blicke nicht einordnen, die er mit der Frau wechselte. Sie sah aus, als hätte sie Angst vor ihm und verschränkte die Arme in einer Art Verteidigungshaltung vor ihrer Brust.

Der Makler trat einen Schritt auf die Tür zum Flur zu.

»Kommen Sie, gehen wir nach oben«, sagte er zur Ablenkung, »dann können die Damen so lange plaudern. Ihre Frau ist sicher zu erschöpft, um die Treppe hinaufzusteigen.«

Die Frau blieb mitten im Zimmer stehen und sah den Männern nach, als wäre sie ihnen gerne gefolgt. Verzagt, unentschlossen. Dann wanderte ihr Blick an Gretes schwerer Gestalt hinab, als würde sie sie erst jetzt richtig bemerken.

»Dieser Makler hat etwas an sich, das ich nicht ausstehen kann«, sagte sie mürrisch und begann ihr Kleid aufzuknöpfen. »Wenn Sie wüssten, was eine Frau in meiner Situation alles ertragen muss«, fügte sie verbittert hinzu.

Grete sah sie verlegen an.

»Das – tut mir leid«, sagte sie unsicher, doch plötzlich tat es ihr weder um die Frau noch um ihre Kinder leid. Es ging um irgendetwas anderes. Und es hatte bereits auf dem Weg hierher begonnen. Sie schmiedeten schon lange Pläne für dieses Haus, in dem ihr Kind aufwachsen sollte, und daran war auch nichts verkehrt gewesen. Sie hatten mit dem Makler viele Häuser besichtigt; schöne, gepflegte Häuser mit schönen, gewöhnlichen Menschen darin, für die es offenbar nicht von entscheidender Bedeutung gewesen war, ob ihre Häuser verkauft wurden oder nicht, und mit denen beide Männer anständig und normal gesprochen hatten. Fast alle Häuser gefielen ihr, aber es gab jedes Mal irgendetwas, das ihren Mann störte. Und immer wenn er sich gegen den Kauf entschied, war er so zufrieden, als hätte er ein gutes Geschäft gemacht, dabei hatten sie rein gar nichts gemacht. Warum hatte er bloß so sehr auf den kleinen Fleck an der Decke gestarrt? Und auf dieselbe Weise hatte er die Frau und das kleine Mädchen angesehen, als wären sie ebenfalls ein Mangel am Haus, mit dem man den Preis drücken konnte. Bestimmt wollte er auch dieses Haus nicht kaufen. Und wenn sie heimkamen, würde er aussehen, als hätte er das raffinierteste Geschäft seines Lebens getätigt. Sie war es so leid, Häuser zu besichtigen, sie in Gedanken ein wenig zu besitzen und dann wieder zu verlieren. Sie hatte das fürchterliche Gefühl, sie würden nie ein Haus finden, und war plötzlich den Tränen nah.

»Wollen Sie den Kleinen sehen?«

Die Frau stand auf, und ihr Gesicht nahm einen warmherzigen Ausdruck an. Das kleine Mädchen hatte angefangen, in einer Ecke des Wohnzimmers mit einer Puppenküche zu spielen. Im Obergeschoss waren die Schritte der Männer zu hören.

Sie hielt den Säugling in den Armen und sah Grete voller Stolz an.

»Ist er nicht süß?«, fragte sie, während sie sich setzte und ihre Brustwarze in den Mund des Kindes lenkte.

»Doch.«

Neugierig betrachtete Grete den schrumpeligen kleinen Kopf, der hinten kahl war wie bei allen Babys. Sie lächelte.

»Ich freue mich so sehr darauf, meins zu bekommen«, sagte sie vertraulich.

Ein Schatten zog über das Gesicht der Mutter.

»Wir waren elf Jahre verheiratet«, sagte sie in die Luft hinein. »Dann hat mein Mann im Büro eine Jüngere kennengelernt –«

Sie hob den Kopf und sah Grete direkt in die Augen.

»Ich habe es noch gar nicht begriffen«, fuhr sie fort. »Dass er wirklich nie mehr zurückkommt. Und mich mit allem alleinlässt. ›Verkauf doch einfach das Haus, dann bekommst du das Geld‹, hat er gesagt. Dabei weiß er, dass ich keine Ahnung von so etwas habe. Man kennt nicht einmal den Menschen, mit dem man verheiratet ist.«

Grete duckte sich, als hätte man ihr einen unsichtbaren Schlag versetzt.

»Nein«, sagte sie leise, und die Angst legte sich schwer auf ihr Herz. Sie spürte eine heftige Sehnsucht danach, wieder bei sich zu Hause zu sein.

Die Männer kamen die Treppe herunter. Im Flur unterhielten sie sich eifrig im Flüsterton. Dann standen sie in der Tür. Der Makler paffte energisch seine Zigarre.

»Nicht wahr«, sagte er und sah die Mutter an. »Sie wären doch bereit, auf 20 000 herunterzugehen?«

»Bar auf den Tisch«, fügte er hinzu, als sie nicht antwortete. »Und die Wohnung ist gut. Zweieinhalb Zimmer. Billig.«

Es war ein Tauschhandel.

Der Ehemann lehnte sich gegen den Türrahmen und verschaffte sich einen sachlichen Überblick über die Dimensionen des Zimmers.

Die Frau sah auf und machte eine unwillkürliche Bewegung, um ihre Brust zu bedecken. Ein Haufen Gedanken schwirrte ihr durch den Kopf. Man durfte niemandem trauen. Der Makler bekam ein Prozent des gesamten Kaufpreises, deshalb interessierte er sich nur dafür, das Haus zu verkaufen. Er konnte sie nicht ausstehen. Was in aller Welt hatte sie ihm getan? Wenn die Kinder nur aufhören würden, solche Sachen zu sagen. Das war schrecklich peinlich. Aber sie verstanden nichts. Sie wollten nicht aus dem Haus weg. Sie waren darin aufgewachsen. Sie hatten Spielkameraden in der Straße. Sie hatten keine Strümpfe. Die Kaufmannsrechnungen wuchsen, die Verkäufer beschwerten sich allmählich. Sie bedachten sie mit denselben Blicken wie die beiden Männer in der Tür. Inzwischen waren schon zahllose Menschen durch das Haus getrampelt und hatten es doch nicht kaufen wollen. Hoffentlich kam der Junge nicht wie beim letzten Mal angerannt und erzählte von der Kloake, die in regelmäßigen Abständen überlief und den Keller unter Wasser setzte. 20 000. Das war nichtsdestotrotz eine Menge Geld. Sie war todmüde. Sie war von einem Mann verlassen worden und von anderen Männern abhängig, die sie ansahen, als könnten sie verstehen, warum er sie verlassen hatte, ungefähr so, wie man einen Versehrten ansieht. Und die Kinder waren so frech geworden. Manchmal betrachteten sie sie mit demselben Blick.

Sie seufzte schwer und erhob sich mit dem Kind auf dem Arm.

»Wenn Sie das für angemessen halten«, sagte sie.

Das Gesicht des Maklers verschwand hinter einer Nebelwolke aus Rauch. Sie stand über das Bett gebeugt und stopfte die Decke um den Kleinen herum fest.

Die beiden Männer zwinkerten sich hinter ihrem Rücken zu. Grete senkte den Blick und strich sorgfältig eine Falte ihres Kleides glatt. Eine Spannung entstand im Zimmer.

»Aber ich hatte ja mit fünfundzwanzig gerechnet.«

Die Mutter richtete sich auf und strich sich mit dem Handrücken das Haar aus der Stirn. Sie sah die junge Ehefrau appellierend an, doch die mied ihren Blick, als würde eine Gefahr davon ausgehen. In ihren Ohren summte es. Er hatte sich entschieden! Sie würde nie wieder im Schlepptau dieses unerträglichen Maklers in wildfremden Häusern umhergehen. Warum ließ Einar sich darauf ein, diese arme Frau zu betrügen? Sie waren doch die ganze Zeit von fünfundzwanzigtausend ausgegangen. Aber vielleicht betrogen sie die Frau auch gar nicht. Sie waren Männer, die etwas vom Geschäft verstanden. Hier konnte es schön werden, wenn alles renoviert und neu gestrichen wurde. Ob der Mutter und ihren drei Kindern die kleine Wohnung gefallen würde? Ihr Herz schlug schnell. *Man kennt den Menschen nicht, mit dem man verheiratet ist.*

Wie merkwürdig, so etwas zu sagen, ausgerechnet zu ihr. Was für die eine galt, musste doch noch lange nicht für andere gelten.

»Das war aber so abgesprochen«, sagte die Frau verzagt. »Es ist so schwierig, Stellung zu beziehen, wenn man sich mit niemandem beratschlagen kann.«

Der Makler rieb erneut die Handflächen aneinander, als wollte er gleich einen Kopfsprung in eiskaltes Wasser machen.

»Dafür haben Sie mich«, sagte er, »ich denke nur an Ihren Vorteil.«

Er zuckte bedauernd die Achseln.

»Und die jungen Menschen können Ihnen leider nicht entgegenkommen.«

»Jaja«, sagte sie leise, »dann muss ich mich wohl fügen.«

Der Makler nahm die Zigarre aus dem Mund und wurde plötzlich rege und geschäftig. Er bat sie alle, um den Tisch herum Platz zu nehmen, und zog die Papiere aus seiner Aktentasche.

»Hier unterschreiben Sie.«

Er reichte dem jungen Mann einen Füllfederhalter, und sie sprachen sachlich und beinahe aufgeräumt miteinander. Wörter wie Hypothek, Grundsteuer und Grundpfand umschwirrten die beiden schweigenden Frauen, die ihren eigenen Gedanken nachhingen.

Nachdem alles geregelt war, betrachtete der Makler zufrieden das sympathische junge Paar. Glückliche Menschen, dachte er und hatte das angenehme, wenn auch vage Gefühl, ein wenig Schicksal gespielt zu haben. Der Ehemann erhob sich hastig. Er fand die Luft schlecht. Grete sah blass aus.

»Auf Wiedersehen und vielen Dank für den Handel«, sagte er formell und schüttelte der Besitzerin die Hand. »Ich werde Ihnen den Scheck morgen schicken.«

Grete unternahm einen Versuch, sich von dem kleinen Mädchen zu verabschieden, das immer noch auf dem Boden vor seiner Puppenküche saß, doch es sah feindlich zu ihr auf und verschränkte die Hände hinter dem Rücken.

Verlegen wandte sie sich ab. Sie hätte gern noch das Obergeschoss gesehen, aber die Männer schienen es mit dem Aufbruch eilig zu haben.

Draußen im Garten blieben sie stehen und betrachteten das Haus.

Er legte den Arm um die Schulter der Frau.

»Na«, sagte er liebevoll. »Freust du dich? Das war ein gutes Geschäft, vertrau mir.«

Sie sah auf den Boden und scharrte mit ihrer Fußspitze in der Erde.

»Warum wolltest du ihr nicht geben, was sie verlangt hat?«, fragte sie. »Wir haben doch das Geld.«

Die beiden Männer lachten herzlich.

»Frauen«, sagte der Makler nachsichtig.

Die Sonne ging bereits unter, ihre Schatten fielen auf die rote Mauer. Eine plötzliche Übelkeit überkam die Ehefrau, sie lehnte sich an ihren Mann.

»Gut, dass du für zwei denken kannst«, sagte sie.

»Für drei«, korrigierte er sie lächelnd.

Der Makler legte den Kopf schief wie ein verschmuster Vogel.

»Die Jugend«, sagte er bewegt.

Dann lachte er sein seltsames, unmotiviertes Lachen, das wie ein weicher Ball über den Gartenweg kullerte.

Sie gingen zu dritt zum Auto.

Hinter der Gardine stand die Mutter und sah ihnen nach.

DIE KLEINEN SCHUHE

Helene erwachte am frühen Morgen mit dem Gefühl, ihr Leben wäre ein einziges Fiasko. Sie hatte die Herrschaft darüber verloren. Für diesen lähmenden und verzweifelten Zustand machte sie ganz unterschiedliche Dinge verantwortlich, wie ein in die Falle geratenes Tier, das mal in der einen, mal in der anderen Ecke nach einem Ausweg sucht. Doch es endete jeden Tag mit der festen Überzeugung – ihrer einzigen festen Überzeugung –, dass sie keinerlei Einfluss auf ihre Umgebung nehmen konnte, dass es nicht in ihrer Macht stand, irgendetwas an ihrem Dasein zu ändern, oder die Personen, die es zu einem Fiasko gemacht hatten.

Ihr Mann hustete im Zimmer nebenan, und sein Bett knarrte, als er sich darin umdrehte. Einst waren sie zusammen glücklich gewesen, dachte sie, einst hatten sie sich geliebt. Vor über einem halben Jahr hatte er sie zum letzten Mal in den Armen gehalten, und diese letzte Vereinigung war anders gewesen als alle früheren. Im Nachhinein fand sie, schon an diesem Abend war klar gewesen, dass es sich um eine Art Abschied handelte. Es war, als hätte er mit aller Macht, und doch vergebens, seine alte Leidenschaft herbeizwingen wollen, und anschließend hatte er sie lange und mit einem stummen, vorwurfsvollen Blick angesehen.

Plötzlich hatte Helene einen staubigen Geschmack im Mund und nahm den Geruch ihres eigenen Körpers wahr, nach Schweiß und Schlaf. Er war ihr genauso fremd geworden wie sie ihm. Sie konnte sich selbst nicht leiden, wenn andere es auch nicht taten. Sie schloss die Augen und hörte Hannes Stimme aus der Küche. Jetzt saßen die Kinder und sie frisch und munter beisammen und tranken Kaffee, während der Plattenspieler aus dem Zimmer des Jungen irgendeine geistlose Popmelodie plärrte. Den ganzen Tag umgab ein irrsinniger Lärm dieses anstrengende junge Mädchen, dem Helene schon lange kündigen wollte, ohne dass bislang etwas daraus geworden war. Das war doch nur eine Bagatelle, dachte sie und wurde nichtsdestotrotz, während sie sich dort unter der Bettdecke zusammenkauerte, von einem dumpfen Zorn über die Anwesenheit des Mädchens gepackt. Wenn Helene über Hanne klagte, lachte ihr Mann und sagte, sie solle es mit Humor nehmen. »Hanne ist kein Mensch«, erklärte er fröhlich, »sie ist ein Phänomen.« Er war derzeit so gut gelaunt, so zufrieden, so sehr mit seiner Arbeit beschäftigt. Helene hatte keine mehr. Sie war Kinderpsychologin und hatte ihre Stelle in einer psychiatrischen Abteilung sehr gemocht, doch dann war es zu dem großen Umbruch in ihrer beider Leben gekommen, und Henrik hatte ihr erklärt, aus steuerlichen Gründen sei es besser, wenn sie aufhöre, Geld zu verdienen. Vermutlich war es ein großer Fehler gewesen, seinen unwiderlegbaren Argumenten nachzugeben. Jetzt hatte sie keinen anderen Zeitvertreib mehr, als ihren eigenen Missmut zu pflegen. Nicht mal auf das Lesen konnte sie sich konzentrieren. Und aus der Gesellschaft ihrer Freundinnen machte sie sich auch nichts mehr. Sie war wie von einer Zone der Einsamkeit umgeben, die sie womöglich selbst auf irgendeine Weise geschaffen hatte.

Es war acht Uhr, und Hanne erwartete, dass sie aufstand,

wenn die Kinder zur Schule gegangen waren, damit sie putzen konnte. Sie wusste Helenes zuvorkommende Art erfolgreich für sich zu nutzen. Helene war sich sicher, dass Hanne erkannte, wie unglücklich sie war, und vielleicht wusste sie auch, warum.

Als sie gerade ihre nackten Füße auf den kalten Linoleumboden setzte, öffnete Henrik die Tür zwischen ihren Zimmern. Er ging zu seinem Teil ihres gemeinsamen Kleiderschranks – ein Monstrum, das eine ganze Wand ausfüllte – und begann zwischen seinen sauberen Hemden zu wühlen, ohne sie auch nur eines Blickes zu würdigen. Trotzdem sah sie seinem Rücken an, dass er gern etwas Freundliches gesagt hätte.

»Ich stehe jetzt auf«, sagte er, »richte das Hanne doch bitte aus. Und dass sie diesen verdammten Plattenspieler ausstellen soll.«

Helene suchte unter dem Bett nach ihren Schuhen. In der letzten Zeit fühlte sie sich in seiner Nähe immer zu ungepflegt oder falsch gekleidet.

»Aber sie singt ja auch selbst«, erwiderte sie. »Die Stimmbänder können wir ihr wohl kaum durchschneiden.«

»Nein, leider nicht.«

Er lachte dankbar, als hätte sie einen Witz gemacht, und ging mit dem Hemd über seiner gestreiften Pyjamaschulter zurück in sein Zimmer. Ihr wurde bewusst, dass sie nie über etwas anderes sprachen als Hanne, als wäre sie mittlerweile das einzige Band zwischen ihnen. Es war vollkommen verrückt.

Sie zog ihren alten Bademantel über und ging durch den langen Flur zur Küche.

»Guten Morgen«, sagte sie und lehnte sich gegen den Türrahmen. »Mein Mann steht gerade auf, Sie können jetzt den

Kaffee aufsetzen. Und stellen Sie doch bitte diesen Plattenspieler aus.«

Hanne blickte mit ihren schmalen, grünen Augen zu ihr auf. Sie hatte die Ellbogen auf dem Tisch abgestützt und hielt eine Tasse zwischen den Händen. Ein grob gestrickter Wollpullover betonte ihren üppigen Busen. Helene musste den heftigen Impuls unterdrücken, ihr sofort zu kündigen. Sie blieb stehen, bis sich das Mädchen langsam und mit einem unverschämten Grinsen erhob, aus dem die sexuelle Überlegenheit jugendlicher Dummheit sprach. Es war ein Lächeln, dachte Helene wütend, mit der man eine ausgediente ältere Geschlechtsgenossin bedachte.

Auf dem Weg zum Badezimmer wäre sie beinahe über die Schuhe ihrer Tochter gestolpert. Sie nahm einen davon in die Hand und betrachtete ihn eingehend, während sie zärtlich über das feine rote Leder strich. Es war ein kleiner Schuh – Größe 36 –, weit ausgeschnitten und mit hohem Absatz und kurzem, gebogenem Oberleder, ein prätentiöser, koketter Schuh, der aussah, als käme man darin nur wackelnd voran, aber Linda konnte in solchen Schuhen ganz unbeschwert laufen. Der Gedanke an die 18-jährige Linda war ein sicherer Platz in Helenes heimatlosem Herzen, und während sie mit dem kleinen femininen Ding in der Hand dastand, streichelte die Zärtlichkeit für ihre Erstgeborene lindernd ihre gequälte Seele. Henrik mochte Linda und verwöhnte sie so, wie Helene es auch selbst stets getan hatte. Als Stiefvater verhielt er sich ziemlich schematisch: Er mochte das Mädchen und versuchte heldenhaft, seine Abneigung gegen den Jungen zu verbergen. Die Kinder waren sieben und vier Jahre alt gewesen, als sie geheiratet hatten. Helenes erster Mann war an Tuberkulose gestorben. Diese Tragödie war niemals richtig in ihr Bewusstsein vorgedrungen, und sie konnte sich die näheren Umstände nur mit größter Mühe in Erinnerung rufen. Die Vergangenheit erschien ihr nie ganz wirklich.

»Kann ich mich jetzt rasieren?«, fragte Henrik höflich, und sie schrak zusammen. Sie hatte ihn nicht kommen hören.

»Ja, natürlich«, antwortete sie verwirrt und hatte den Eindruck, sein Blick wanderte von dem kleinen Schuh in ihrer Hand auf ihre eigenen, viereckigen, flachen Pantoffeln – Größe 39 –, aus denen ihre morgens stets geschwollenen Füße so unvorteilhaft hervorquollen wie die eines alten Weibs. Es war nur ein kurzer Augenblick, dann verschwand er im Badezimmer, und sie redete sich selbst ein, sie wäre neuerdings überempfindlich, aber der unbedeutende kleine Vorfall zerstörte ihre zerbrechliche Freude dennoch.

Sie schlurfte ins Esszimmer und setzte sich, elend zumute, an den großen, konferenzähnlichen Tisch, den Hanne gerade mit übertriebenen Bewegungen und ebensolchem Spektakel deckte. Helene gelang es, eine Miene aufzusetzen, die jedes Gespräch ausschloss. Alles, was Hanne sagte, weckte eine Angst und Unruhe in ihr, deren innerster Ursache sie nicht auf die Spur kam. Sie war nicht dafür geschaffen, ein Hausmädchen zu haben. Sie war nicht dafür geschaffen, versorgt zu werden und abhängig zu sein. Sie war vor allem nicht dafür geschaffen, vierzig zu sein und fast erwachsene Kinder zu haben. Hanne war eine Folge von zwei schicksalhaften Ereignissen im Leben der Familie. Das erste war Henriks Beförderung in der Firma, auf einen verantwortungsvollen Posten, der mit ihrer bisherigen, bescheidenen Lebensführung unvereinbar war. Dieser Posten, dessen genaue Funktion Helene nicht durchschaute, erforderte ein herrschaftlicheres Heim. Dank Henriks Beziehungen fanden sie eine 7-Zimmer-Wohnung in der Kopenhagener Innenstadt, verkauften ihr kleines Haus, ließen ihr neues Zuhause von einem Innenausstatter einrichten und engagierten als lebenden Beweis für ihren sozialen Aufstieg zu guter Letzt auch Hanne. Die Möbel, die sie nicht entrümpelt hatten, standen in Hannes Zimmer, wo sich allabendlich wechselnde junge Männer auf dem roten Sofa, der Zier ihres ehemaligen Wohnzimmers, ausbreiteten. Was Männer anging, war Hanne Allesfresserin und überzeugt, es käme auf die Menge an. In dem halben Jahr, das sie hier wohnten, hatten sie zwei Empfänge gegeben, und Helene fühlte sich ziemlich unzulänglich in ihrer Rolle als Gastgeberin von Henriks Kollegen und deren perfekten, schlagfertigen Ehefrauen, die alle ganz vertraut mit der Arbeit ihrer Männer schienen, irgendetwas mit An- und Verkauf von Eisen. Helenes häusliche Fähigkeiten hielten sich ebenfalls in Grenzen, und Hanne war in langer Hose und mit dieser unerträglichen und selbstherrlichen Miene aufgetreten, die zeigen sollte, dass sie auf keinen Fall weniger wert war als alle anderen. Vielleicht bedeutete diese Beförderung das Ende ihrer Ehe.

»Ich habe darüber nachgedacht«, Hanne beugte sich über sie, während sie eine Schale mit Weißbrot auf den Tisch stellte, »ob wir nicht ein bisschen Kleidung für die Algier-Hilfe spenden könnten. Linda und Morten haben beide eine Menge Sachen, die sie nie anziehen. Linda hat mehr Paar Schuhe, als sie im Laufe ihres ganzen Lebens ablaufen könnte. Und Morten und ich haben einen Berg von Pullovern und Strümpfen gefunden, die ihm nicht mehr passen. Er ist ganz angetan von dem Gedanken. Er ist so ein uneigennütziges Kind.«

Hanne benutzte eine Reihe von großartigen, humanistischen Ideen dazu, einen privaten Klassenkampf innerhalb der Familie zu führen.

Warum hatten Morten und sie die Köpfe zusammengesteckt und die Algerien-Krise besprochen? Nein, man hatte keinen Einfluss auf seine Umgebung. Hanne stand dicht neben ihr, jung, vom Groll der Unterschicht und der eigenen Selbstgerechtigkeit erfüllt. Helene ließ den Teelöffel auf dem Rand der Tasse balancieren. Sie rückte ein wenig mit dem Stuhl von der kräftigen Gestalt des Mädchens ab.

»Suchen Sie nur etwas zusammen«, antwortete sie kühl.

Hanne setzte sich einfach hin und starrte sie mit zusammengekniffenen Augen an.

»Die Sache ist die«, sagte sie spitz, »dass eine Million Menschen stirbt, wenn nicht umgehend Hilfe kommt.«

Selbstverständlich war es Helenes Schuld, dass eine Million Menschen starb.

Henrik ging erneut durch den Flur, um sich anzukleiden, und verströmte einen Duft von Rasier- und Haarwasser, der Helene daran erinnerte, dass sie sich waschen sollte, bevor sie gemeinsam frühstückten.

»Ja ja«, sie schob ihren Stuhl zurück und stand auf, »aber jetzt kümmern Sie sich erst mal um den Kaffee.«

Von einer plötzlichen Eingebung getrieben, öffnete sie die Tür von Mortens Zimmer und ging hinein. Es war ein unordentliches Jungenzimmer mit einem Schallplattenspieler mit Radio, einem Tonbandgerät, einer Kamera mit Stativ und einer ganzen Reihe eher kindlicher Kostbarkeiten wie klobigen Holzsäbeln, einem Klappmesser, einer angestaubten Schmetterlingssammlung auf einer Pappunterlage und einem selbst gebastelten Apparat für chemische Versuche. Überall an den Wänden hingen mehr oder weniger gelungene, abstrakte Naturgemälde, die mit durchsichtigem Klebeband befestigt waren, und die vom Innenausstatter gewählten Vorhänge hatten mittlerweile die persönliche Note schmutziger Finger. Auf dem Boden in der Mitte lag in der Tat ein Haufen aussortierter Anziehsachen, und Helene setzte sich auf das ungemachte Bett ihres Sohnes und starrte sie an. Hanne scharwenzelte mit der Kaffeekanne vorbei und warf ihr durch die geöffnete Tür einen triumphierenden Blick zu. Sie wandte den Kopf zum Fenster und entdeckte ein aufgeschlagenes Buch auf dem tintenbekleckstesten Schreibtisch. Wieder streifte diese merkwürdige Angst ihr Herz, und sie ging hinüber und nahm das Buch in die Hand. Es war »Das ABC der Liebe«, und auf dem Titelblatt stand in ordentlicher Schreibschrift Hannes Name. Wozu in Gottes Namen lieh sie einem fünfzehnjährigen Jungen solche Bücher? Er war modern erzogen und hinreichend aufgeklärt worden. Hanne war 22. War es möglich, dass – – –

Sie räumte Lindas Schuhe beiseite und bemerkte in einem Anfall von Hellsichtigkeit, dass sie innen sauber waren, also ziemlich neu. Sie selbst konnte sich nicht daran gewöhnen, ihren Mann um Dinge zu bitten, die streng genommen nicht notwendig waren, Linda hingegen schon. Linda war unwiderstehlich, wenn sie ihren kleinen Fuß vorstreckte und sagte: Guck mal, Henrik, die lassen sich nicht mehr neu besohlen, aber ich habe so ein entzückendes Paar im *Magasin* gesehen.

Linda und er unterhielten sich rege, wenn sie abends im Wohnzimmer saßen, und ihr langes, blondes Haar fegte über die Mathehausaufgaben, bei denen er ihr half. Sie brauchten nicht über Hanne zu reden, in Lindas Welt existierte sie gar nicht. Anfangs hatte sie ein- oder zweimal Hannes Vorschlag abgelehnt, mit ihr auszugehen, und Helene bewunderte die natürliche, distanzierte Haltung ihrer Tochter gegenüber diesem aufdringlichen Wesen. Linda würde später nie Probleme mit ihren Hausangestellten haben.

Es war ein wenig merkwürdig, dachte Helene, während sie sich wusch, dass es in Lindas Leben nie einen jungen Mann gegeben hatte, nicht mal einen Jungen, nur einige Freundinnen, die zum Abendtee kamen, andere Gymnasiastinnen, die Henrik anschließend galant nach Hause fuhr. Aber sie war ganz eindeutig ein Familienmensch, vollkommen zufrieden mit ihren Büchern und ihrem Strickzeug, mit einem kurzen Wangentätscheln im Vorbeigehen, mit ihrem niedlichen Mädchenzimmer, das sie ohne Hannes Hilfe perfekt sauber hielt. Mortens Schulkameraden mussten in seinem Zimmer bleiben, und sie wurden nie nach Hause gefahren. Es war schon in Ordnung. Helene hatte es immer geschafft, das auszugleichen, und zwischen ihm und Linda herrschte nicht mehr Eifersucht, als es unter Geschwistern normal war.

Sie starrte in ihr grünliches Gesicht im Spiegel. Es lag an der grellen Neonröhre; Helene hatte nicht die nötige Energie, sie auszuwechseln. Wir hätten ein Kind zusammen bekommen sollen, dachte sie plötzlich. Müde lehnte sie die Stirn an den Spiegel und hörte Hanne draußen in der Küche singen: »Warum bist du nur gegangen? Komm zurück, komm zurück –« Henrik summte aus dem Esszimmer mit, und sie fühlte sich verraten und ausgeschlossen. Irgendetwas ging in der Wohnung vor, zwischen den anderen, hinter ihrem Rücken, fern von ihr und direkt vor ihrer Nase. Etwas, das jeden Tag näher rückte. Sie kehrte in ihr Zimmer zurück und zog sich hastig an. Hemdbluse und Rock. Ihr Herz pochte laut, während sie ihre unbequemsten, am wenigsten klobigen Schuhe hervorholte. Sie waren schwarz und spitz, hatten einen schmalen Knöchelriemen und halb hohe wackelige Absätze. Plötzlich sah sie ihre Mutter vor sich. Sie waren in einem Schuhgeschäft, Helene sollte neue Schuhe bekommen. Es war kurz bevor sie ihre erste Stelle als Hausmädchen antrat, sie war etwa vierzehn Jahre alt. Ihre Mutter sagte: Tja, das werden die letzten Schuhe sein, die wir dir spendieren. Und plötzlich betrachtete sie sich mit den Augen der Eltern: eine Verbraucherin, eine Ausgabe, die ihnen künftig erspart bliebe. Helene hatte noch heute ein schlechtes Verhältnis zu ihrer Mutter, und sie war stolz darauf, eine innigere, beständigere Verbindung zu ihren eigenen Kindern aufgebaut zu haben. Aber stimmte das wirklich? Kannte man seine Kinder überhaupt jemals?

Sie setzte sich Henrik gegenüber und betrachtete sein feines, ein wenig mitgenommenes Gesicht mit den rauchfarbenen Schatten unter den Augen. Sie hatte den Eindruck, ihn gar nicht zu kennen.

»Ich habe ein Aufklärungsbuch in Mortens Zimmer gefunden«, sagte sie gedämpft. »Hanne hat es ihm geliehen. Sie hecken zu viel Unsinn aus, die beiden.«

Henrik lachte und biss in eine Weißbrotscheibe.

»Du bist ja bloß eifersüchtig«, sagte er. »Wenn sie ihn verführt, ist das doch nur gesund. Es ist eine gute alte Sitte, dass die Söhne des Hauses bei den Dienstmädchen schlafen.«

In seinen Augen blitzte ein schlangenhafter Ausdruck auf, als wollte er abschätzen, wie tief er sie getroffen hatte. Er hasst mich, dachte sie entsetzt.

»Er ist doch noch ein Kind«, murmelte sie ohne große Überzeugung.

»Er wird bald 16«, kam es trocken von ihm. »Den Müttern bliebe wohl so manche Qual erspart, wenn sie verstünden, dass ihre Kinder erwachsen werden, obwohl sie noch zur Schule gehen.«

»Er könnte sich aber in sie verlieben«, erwiderte sie perplex und verstummte jäh, denn es war, als würde es bei dem Gespräch um etwas ganz anderes gehen.

Henrik zuckte nur mit den Schultern, stand auf und schob den Stuhl an den Tisch. Auch sie erhob sich und trat ein paar Schritte auf ihn zu, als wollte sie ihn in den Flur hinausbegleiten, wie früher, als zwischen ihnen alles noch gut war.

Er blickte auf ihre Füße hinunter und schien für einen Moment verwirrt.

»Warum laufst du morgens mit deinen schicken Schuhen herum?«, fragte er.

Dann ging er hinaus, ohne ihre Antwort abzuwarten, und ohne sich zu verabschieden.

Sie sank auf einen Stuhl und starrte aus dem Fenster. Das graue Novemberlicht sickerte tief in sie hinein und kleidete sie mit einer staubigen Hoffnungslosigkeit aus. Hanne kam mit ihrem affektierten Gang hereingewackelt und räumte die Tassen auf ein Tablett.

»Darf ich Lindas alte Anziehsachen heraussuchen?«, sagte sie unverdrossen. »Wie schon gesagt, nutzt sie ihre Schuhe gar nicht ab. Ihr Mann schenkt ihr viel zu viele. Wenn ich mir die Bemerkung erlauben darf, ist er fast ein bisschen zu vernarrt in sie – «

Weiter kam sie nicht.

Helenes Angst und Verzweiflung vereinten sich zu einer mächtigen Zorneswelle. Vor ihren Augen flimmerten rote Punkte, als sie langsam aufstand, und das Mädchen wich unwillkürlich einige Schritte zurück.

»Sie –«, stammelte Helene, »Sie können Ihre eigenen Lumpen zusammenpacken und auf der Stelle gehen. Wir brauchen Sie nicht mehr.«

»Du liebe Güte.«

Hanne hatte sofort die Fassung wiedergewonnen, und ihre schmalen, eng sitzenden Augen waren von einem unheimlichen Triumph erfüllt.

»Dann möchte ich aber meinen Lohn für den ganzen Monat haben.«

Ohne etwas zu erwidern, rauschte Helene in ihr Zimmer, riss die Schreibtischschublade auf und zog ihr Scheckbuch heraus. Sie besaß noch eine bescheidene Summe aus glücklicheren Tagen. Mit zitternder Hand füllte sie einen Scheck aus.

»Bitte sehr.«

Sie streckte ihn über die Schulter zu Hanne, die ihr gefolgt war.

»Und jetzt packen Sie und verschwinden Sie.«

Summend stolzierte diese unerträgliche Person den Flur entlang zu ihrem Zimmer, und Helene streifte ihre Schuhe ab, streckte ihre gemarterten Zehen aus, legte den Kopf auf den Tisch und brach in Tränen aus.

Man hatte keinen Einfluss auf seine Umgebung. Man bestimmte nicht über sein eigenes Schicksal. Das Einzige, was man tun konnte, war, sich jenen Menschen zu entziehen, deren Worte in etwas herumstocherten, irgendetwas Heimlichem, das auf keinen Fall angetastet werden durfte.

Hanne packte hinter ihrer geöffneten Zimmertür und veranstaltete dabei demonstrativ einen gewaltigen Lärm.

Nach ihrem Tränenausbruch ein wenig erleichtert, holte Helene das »ABC der Liebe« und reichte es dem Mädchen mit einer Miene, als seien es Blätter aus dem Buche Satans.

»Mein Sohn«, sagte sie würdevoll, »kommt auch ohne das zurecht.«

Hanne hatte sich auf ihren Kofferdeckel gesetzt.

»Was ist denn jetzt mit der Algier-Hilfe?«, beharrte sie. »Sie sollten die Klamotten verschicken, wenigstens Morten zuliebe. Es ist ihm so wichtig. Und Lindas viele Schuhe –«

»Geben Sie mir die Adresse«, sagte Helene hastig und voller Angst, noch mehr zu hören. »Dann schicke ich die Sachen.«

Hanne gab sie ihr, und als Helene erneut in den mit Teppichboden ausgelegten Flur trat, nahm sie Lindas zarte kleine Schuhe und ging damit über den Parkettboden des Esszimmers. Sie hielt sie steif von sich weg, und in Lindas schachtelartigem Zimmer, dessen Decke passend zur Tapete in einem zarten Rosa gestrichen war, ließ sie die Schuhe auf den Boden des Schranks fallen, zu all den anderen, die liebevoll aneinanderlehnten wie Freundinnenpaare, die gemütlich über unglaubliche Geheimnisse plauderten –

ZWEI FRAUEN

Wenn Britta so deprimiert, nervös und rastlos war, dass es nicht einmal mehr half, alle Möbel im Haus umzustellen oder ein raffiniertes Abendessen zuzubereiten, konnte nur eines ihre Leiden lindern: ein Besuch beim Damenfriseur oder beim Arzt. Manchmal auch beides. Zuerst natürlich der Friseur –

Es war Montag, und sie war die einzige Kundin. Als sie den reizenden Salon betrat, in dem alles, selbst die Trockenhauben, in zarten Pastelltönen gestrichen waren, und ein Duft von Parfüm und teurer Seife sie empfing wie eine sanfte Narkose, dachte sie, dass solche Orte für Frauen vermutlich dieselbe Bedeutung hatten wie Bars und Weinstuben für Männer. Allein dass hier immer künstliches Licht brannte, sogar am frühen Nachmittag, dachte sie, schon besser gelaunt.

Niemand kam, um ihr aus dem Mantel zu helfen, und ein wenig beunruhigt über die Stille hängte sie ihn selbst auf einen der hellrosa Bügel an der Garderobe. Dann eilte eine blaue Gestalt aus dem Hintergrund herbei, und Britta lächelte erleichtert, als sie sah, dass es die kleine Frau Mikkelsen war, die sie für gewöhnlich frisierte. Die andere erwiderte das Lächeln jedoch nicht. Sie wirkte sehr blass, und – Britta musste ihren Drang bekämpfen, sofort wieder zur Tür hinauszustürzen – ihre Augen waren ziemlich gerötet, als hätte sie gerade geweint. Vollkommen irrsinnig, dachte sie, *ich* bin doch diejenige, der es nicht gut geht. Ich bin es und nicht sie, die geweint hat, und mit den Nerven am Ende ist, und die niemanden hat, der sie wirklich versteht –

Während der Haarwäsche schloss sie die Augen und hätte das veränderte Wesen der kleinen Damenfriseurin fast vergessen, als diese sanften, massierenden Fingerspitzen ihre Kopfhaut liebkosten. Sie kannte kein anderes Gefühl, das die Nerven so sehr beruhigte. Fast wäre sie eingeschlafen und musste plötzlich an einen Sommer am Meer denken; den Sommer ihrer großen Liebe, lange vor Verners Zeit, als ein junger Mann neben ihr lag und mit ihrem Haar spielte, während sie mit den Fingern durch den warmen Sand strich und fühlte, wie ihr ganzes Wesen mit einem Mal offen und empfänglich war und weit fortgetragen wurde wie von Gezeiten des Glücks – doch plötzlich zogen Wolken am Himmel auf, und alle Badegäste verschwanden. Sie war vollkommen allein, und es regnete eiskalt auf ihr Haar herab. Sie erwachte mit einem kleinen Schrei:

»Au, das Wasser ist ja kalt! Was ist denn in Sie gefahren?«

Ihre erschrockenen Augen blickten direkt in ein Gesicht, das genauso verstört aussah, wie sie sich fühlte, und die Einsicht traf sie, dass wirklich etwas im Argen lag, etwas Unglaubliches, Furchtbares, mit dem sie, Britta, die hergekommen war, um ihre Nerven zu beruhigen, jetzt rettungslos für die nächsten Stunden gefangen war. Ihr armes Herz begann mit einer beunruhigenden Geschwindigkeit zu schlagen. Das musste sie dem Arzt gegenüber erwähnen; wie überempfindlich sie auf das Leiden anderer reagierte. Es war geradezu krankhaft. Sie schüttelte nur matt den Kopf, als die Friseurin eine Entschuldigung stammelte, und schloss resigniert wieder die Augen, während die Finger über ihr in eine neue Portion Seifenschaum eintauchten.

Aber ach, fremde Finger, die zu grob zupackten und nicht mehr imstande waren, zärtliche, schmerzliche Gedanken zu wecken.

Doch als sie vor dem Spiegel saß, der ihre Züge in einem denkbar schmeichelhaften Licht erscheinen ließ, während das Gesicht der weitaus jüngeren Frau aus irgendeinem Grund noch blasser darin wirkte, siegte ihre Neugier plötzlich über alle anderen Gefühle.

»Was ist denn los mit Ihnen, Frau Mikkelsen?«, fragte sie teilnahmsvoll. »Es sieht Ihnen gar nicht ähnlich, so schweigsam zu sein. Sie werden doch nicht krank sein?«

Die schmale, hellblaue Gestalt wandte ihr den Rücken zu, und Britta registrierte mit Unbehagen, dass ihr Haar im Nacken strähnig und glanzlos war.

»Mein Mann hat mich gestern verlassen. – Soll ich die Locke wie immer vor das Ohr legen?«

Zwischen den beiden Sätzen war kaum eine Pause, und dennoch – wie Britta später auch den Leuten erklärte, als sie von der Episode erzählte – blieb ihr fast das Herz stehen beim Anblick der beiden Tränen, die an den Wangen der jungen Frau herabliefen.

Es war einfach zu viel und dermaßen ungerecht, dass sie das ausgerechnet heute treffen musste, nachdem sie in ihrer allerschwärzesten Stimmung neben der noch warmen Mulde im Bett erwacht war, wo Verner gelegen hatte. Am liebsten hätte sie hysterisch gelacht, denn sie war doch hergekommen, nein, *hergestürmt*, um zu vergessen, um von einem inhaltsleeren, aber vertrauten und lieblichen Zwitschern beruhigt, von wundervollen Düften umwogt, von fürsorglichen, fast liebevollen Händen behandelt zu werden, und stattdessen – –

»Das tut mir aber leid für Sie«, sagte sie und hörte selbst, dass ihr Tonfall trotz ihres guten Willens besser zu einem Satz gepasst hätte wie: Was geht mich das eigentlich an? Dann beugte sie sich zum Spiegel vor und setzte, ihrem unwiderstehlichen Drang zur Bosheit nachgebend, hinzu: »Ja, legen Sie die Locke so wie immer. Mein Mann liebt diese Frisur nämlich, wissen Sie.«

Mit einer fast unmerklichen Betonung auf: mein Mann.

Noch im selben Moment bereute sie es, doch als sie das Gesicht der Friseurin sah, die langsam errötete, musste sie an Verners kühle Bemerkung kürzlich denken, bevor sie die Wohnung verließen, um ins Theater zu fahren.

»Ich sage das nicht, um dich zu kränken, Liebling, aber könntest du dich nicht etwas mehr deinem Alter gemäß frisieren?«

Mein Gott, der ganze Abend war dahin gewesen, obwohl er sofort versucht hatte, es wiedergutzumachen und seine Müdigkeit vorgeschoben hatte, und die Arbeit, die inzwischen – sie verstand nicht, warum – all seine Zeit in Beschlag nahm. Und die darauffolgenden Tage, wie hatte sie die überstanden? Die Kinder waren so groß und selbstgefällig, sie verstanden nichts. Irene, die Älteste, hatte lachend zu ihren Freundinnen gesagt: »Ihr müsst meine Mutter entschuldigen, sie steckt gerade in einer schwierigen Übergangsphase, genau wie wir!« Das fand sie unglaublich lustig. Und was war das nun wieder? Ihr Herz! Wie laut es in der Stille hämmerte. Britta ertrug das nicht. Es hatte sie völlig kalt erwischt, plötzlich mit dieser fremden Person eingesperrt zu sein, die alles über sie wusste. Alles! Der sie Sachen anvertraut hatte, die sie nicht einmal ihrer besten Freundin erzählte. Und die sie missverstanden und ihr Vertrauen missbraucht hatte, indem sie sich einbildete, sie könnte ohne Weiteres mit ihrem eigenen trivialen Privatleben ankommen! Als ginge man zum Friseur, um sich etwas anzuhören, vor dem man gerade für einen kleinen Moment hatte flüchten wollen.

»Wären Sie so gut – «, sie fasste sich ans Herz und mied den Blick der anderen, »mir ist ein bisschen unwohl. Könnten Sie ein Fenster öffnen, die Luft ist so stickig – «

Ja, sie musste augenblicklich zum Arzt. Es schmerzte richtiggehend, das Herz. Sie musste sich abhärten und durfte ihrer Empfindsamkeit nicht immer nachgeben. So viel Rücksicht auf sich *musste* sie nehmen. Wenn sie mir wenigstens die ganze Geschichte erzählt hätte, dachte Britta verärgert. Warum neigten völlig durchschnittliche Menschen eigentlich immer zu derart dramatischen Worten, wenn sie vom Unglück getroffen wurden? »Mein Mann hat mich gestern verlassen!« Sie hatte das kleine »Frau« vor dem Namen des Mädchens, warum auch immer, nie mit dem Gedanken an einen Mann verknüpft.

Ich wüsste zu gern, dachte sie, während die stumme Person hinter ihr gehorsam das Fenster öffnete und anschließend weiter Haarnadeln in ihren Locken befestigte, wie Verners Reaktion ausfiele, wenn sein Friseur ihm plötzlich anvertrauen würde, dass seine Frau durchgebrannt wäre! Im Übrigen war sie vollkommen sicher, dass Verner mit seinem Barbier nie über etwas anderes als das Wetter sprach. In eine solche Situation konnte nur sie geraten. Sie war immer viel zu gutgläubig und vertrauensselig.

Während sie unter der Trockenhaube saß und die hellblaue Gestalt irgendwo im Hintergrund verschwunden war, hatte sie mit einem Mal das Gefühl, jemand würde brutal ihr Herz umklammern. Sie stöhnte laut und schloss die Augen, um diesem Grauen zu entkommen, das sich näherte, pirschend, schleichend, wie ein hinterlistiges Tier, das seiner Beute schon lange aufgelauert hat. Sie wusste nicht, was es war. Ihre Gedanken flüchteten erschrocken, wurden jedoch eingeholt und zu einem kurzen Satz zusammengezogen, der wie ein stummer Schreckenslaut über ihre Lippen kam: Ich werde ihn verlieren!

Doch als hätte ein unbekanntes Wesen bloß ihre Kraft auf die Probe stellen wollen (anders konnte sie sich diese jähen Stimmungswechsel nicht erklären) oder ein wenig mit ihr spielen, wie ein Kind mit einem Kätzchen, wurde es in ihrem Inneren wieder heller, kaum dass die Worte ausgesprochen waren, oder hatte sie sie nur gedacht? Von einem Moment auf den anderen wurde sie fröhlicher und fühlte sich fast so, wie ihr ganzer Freundeskreis sie sah: warmherzig, impulsiv, voller lustiger Einfälle und immer bereit, alles stehen- und liegenzulassen und wie ein Rettungswagen herbeizueilen, sobald jemand Nahestehendes in Not geriet.

Sie holte tief Luft und lächelte ihr Spiegelbild an. Oh, sie wollte überall Freude verbreiten, wenn sie endlich hier weg war. Geschenke für die Kinder und das Hausmädchen kaufen, ein feines Essen kochen und dazu den Rotwein kaufen, den Verner so liebte. Sich schön zurechtmachen, vor allem das Haar. Denn Verner konnte sagen, was er wollte – nur um sie ein wenig zu necken natürlich –, ihr Haar war immer noch hinreißend, glänzend und voller Kraft und hell wie Weizen trotz ihrer fünfundvierzig Jahre. Es weigerte sich schlichtweg zu altern. Und als käme ihr diese Idee erst jetzt, wollte sie außerdem unverblümt fragen, wem diese weibliche Stimme gehörte, die letzte

Woche, ohne einen Namen zu nennen, angerufen und ganz leise den Hörer wieder aufgelegt hatte, nachdem ihr mitgeteilt worden war, dass er nicht da sei. Denn selbstverständlich gab es irgendeine ganz normale Erklärung dafür. Sie kannte wirklich keine einzige verheiratete Frau, die nicht bisweilen mit solchen Mysterien konfrontiert wurde. Sie musste ja verrückt sein zu glauben – nein, das war doch lächerlich.

Leicht ums Herz, blätterte sie in einer der Zeitschriften unter dem Spiegel, und ihre Gedanken streiften erneut die kleine Damenfriseurin, die so jung und so hübsch war – für sie gab es bestimmt Männer genug auf der Welt.

Sie sah auf ihre Armbanduhr. Heute würde sie es nicht mehr zum Arzt schaffen, aber was sollte sie auch bei ihm? Es war doch nur gut, dass ihr Herz immer noch so unregelmäßig schlagen konnte wie damals, als sie ein junges Mädchen war.

Als Frau Mikkelsen – noch immer stumm und rotäugig, das arme Wesen – die Nadeln entfernte und ihr Haar auskämmte, lächelte Britta ihr freundlich im Spiegel zu und sagte mit aufrichtiger Herzlichkeit:

»Jetzt blicken Sie doch nicht so unglücklich drein, meine Liebe. Denken Sie mal daran, wie gut es ist, dass Sie keine Kinder haben. Wenn das einer alten Frau wie mir passieren würde, sähe die Sache ganz anders aus, glauben Sie mir!«

Sie brachte ein gutmütiges Lachen hervor, das nicht erwidert wurde.

Dann erhob sie sich erleichtert, von hier wegzukommen – sie würde nie wieder einen Fuß in diesen Laden setzen –, nahm ihre Tasche vom Tisch, rundete die Summe um ein ordentliches Trinkgeld auf und schloss in einer mütterlichen Geste die Hand des Mädchens um den Schein. Trotz der Wärme im

Laden war sie eiskalt, und Britta ließ sie so hastig wieder los, als hätte sie sich verbrannt.

»Danke«, sagte Frau Mikkelsen, beugte leicht den Kopf und begleitete ihre Kundin zur Tür.

»Auf Wiedersehen, die Dame«, sagte sie.

Und hinter der Gardine verborgen, sah sie der Frau mit der affigen Teenager-Frisur nach, während sie unbewusst die Hand um das Geld presste und den Zehn-Kronen-Schein zu einer kleinen harten Kugel zerknäulte.

Sie wünschte, sie hätte die Zeit gehabt zu weinen, doch heute war sie allein im Salon, und die Tür öffnete sich bereits für die nächste Kundin.

BÖSES GLÜCK

Als ich siebzehn Jahre alt war, zogen wir in eine Drei-Zimmerwohnung in einer »besseren Gegend«, wie meine Mutter es nannte. Sie kostete zwanzig Kronen mehr Miete als die Zweizimmerwohnung, in der wir vorher gewohnt hatten. Mein Vater war der Überzeugung, das würde uns ruinieren, aber meine Mutter hatte sich den Umzug fest in den Kopf gesetzt. Sie begründete ihre Ideen nie, aber mein Vater wusste ihnen nichts entgegenzusetzen. Mein Bruder hatte kurz davor geheiratet, nur um von zu Hause wegzukommen. Vielleicht glaubte meine Mutter, sie könnte mich leichter halten, wenn ich mein eigenes Zimmer bekäme. Dabei hatte ich es hier genauso wenig für mich wie in der alten Wohnung. Mein Zimmer gehörte nur insofern mir, dass ich darin auf dem Sofa schlafen durfte, das zuvor im Schlafzimmer meiner Eltern gestanden hatte. Das Zimmer war nur durch einen Cretonne-Vorhang von dem zusätzlichen Raum getrennt, den meine Mutter »Wohnzimmer« nannte, und das nur für Gäste vorgesehen war. Dabei besuchte uns niemand außer meiner Tante Anna. Sie war der sanfteste und fröhlichste Mensch meiner gesamten Kindheit, aber zu diesem Zeitpunkt interessierte ich mich nur für junge Männer und Gedichte. Beides betrachtete meine Mutter als feindliche Elemente für unser Familienleben. All meine Gedichte handelten von der Liebe, und wenn ihr eins davon in die Hände fiel, brach sie in Tränen aus und sagte, sie könne nicht verstehen, wo ich derart verdorbene Gedanken herhätte.

Die Wohnung lag in einem Eckhaus, und auf der einen Seite machte das Gebäude tatsächlich einen etwas feineren Eindruck, erweckt durch ein wenig Stuck auf den dunklen Hausfassaden und etwas weniger rotznasige Kinder auf der Straße, als wir es gewohnt waren. An der Ecke befand sich ein Café, in dem es immer Tumult und Schlägereien gab, und auf der anderen Seite des Hauses sah die Straße genauso aus wie jene, aus der wir weggezogen waren. Damals hatten wir allerdings im Hinterhaus gewohnt, und erst jetzt entdeckte ich, was für ein gewaltiger Vorteil das für mich gewesen war. Jetzt lauerte meine Mutter in meinem Zimmer und riss das Fenster auf, wenn ich abends oder nachts mit einem jungen Mann nach Hause kam und mich an der Eingangstür von ihm verabschiedete.

»Da bist du ja endlich!«, zeterte sie. »Komm auf der Stelle rein!«

All die jungen Männer erschraken und flohen, ehe wir eine neue Verabredung treffen konnten. Wenn ich hinaufkam (wir wohnten im Hochparterre), stand sie in ihrem geblümten Baumwollnachthemd da und starrte mich mit wütenden, schlaflosen Augen an.

»Wenn du so weitermachst, endest du noch als öffentliches Frauenzimmer«, sagte sie.

Sie hatte eine Vorliebe für solche Ausdrücke, ab und zu streute sie auch Bibelzitate ein, obwohl sie weder an Gott noch an den Teufel glaubte. Ich habe mich in meinem Leben nie wieder so brennend nach etwas gesehnt, wie ich mich damals danach sehnte, achtzehn Jahre alt zu werden, um endlich von zu Hause ausziehen zu können. Ich war in einem Lager angestellt, wo ich acht Stunden am Tag Blechdosen verpackte. Dafür bekam ich fünfundzwanzig Kronen die Woche und lieferte zwanzig davon bei meiner Mutter ab. Wenn wir abends gegessen hatten, machte mein Vater ein Nickerchen auf meinem Sofa, und meine Mutter begann mit wütenden Bewegungen zu stricken. Obwohl sich mein Vater schon seit jeher abends nach dem Essen ein paar Stunden hinlegte, empfand sie es nach wie vor als persönliche Beleidigung. Sie klagte darüber, dass mein Bruder sie nie besuchte, doch wenn er ein seltenes Mal kam, brachte er seine Frau mit, die von meiner Mutter mit völliger Nichtachtung gestraft wurde. Ich blätterte in der Zeitung und sammelte Mut, um zu erzählen, dass ich mit einer Freundin ins Kino wollte. Irgendwann war es so still zwischen uns, dass mir mein eigenes Schlucken wie ohrenbetäubender Lärm vorkam. Meistens wartete ich mit meinen Anliegen, bis mein Vater wach war, denn manchmal sprang er mir bei, obwohl er später sicher dafür büßen musste.

Dann passierte plötzlich eine ganze Menge auf einmal, doch ich war gerade schwer in einen jungen Mechaniker mit einem Motorrad verliebt und nahm es nur am Rande wahr. Erst kam der Mann von Tante Anna ins Krankenhaus. Er hatte nie Zutritt zu unserer Wohnung gehabt, weil er ein verkommenes Subjekt war und trank und seiner Frau auf der Tasche lag. Tante Anna war Näherin und besuchte uns immer auf dem Heimweg, wenn sie in dem Geschäft gewesen war, für das sie nähte, um eine fertige Arbeit abzuliefern. War sie zu Besuch, lachten meine Mutter und sie wie junge Mädchen, und meine Mutter wirkte wie ausgewechselt. Vielleicht war sie früher immer so gewesen. Vielleicht hätte sie einen ganz anderen Mann heiraten und ein ganz anderes Leben führen sollen. Jedenfalls habe ich sie immer nur dann richtig glücklich gesehen, wenn Tante Anna zu Besuch war, ihre einzige Schwester. Sie behielt immer ihren Hut auf, weil sie nur »auf einen Sprung« vorbeikommen wollte, als wäre der Hut der Gegenbeweis dafür, dass sie mehrere Stunden da gewesen war, wenn sie schließlich wieder ging. Meine Eltern hofften ihr zuliebe unverhohlen auf den Tod ihres Mannes. Für mich hatte seine Krankheit den Vorteil, dass ich abends leichter von zu Hause wegkam, weil sie jetzt ein Gesprächsthema hatten. Der Onkel starb wirklich, und auf seiner Beerdigung heulte meine Tante wie ein Schlosshund. Ich weinte auch, Gott weiß warum, denn ich hatte ihn noch nie zu Gesicht bekommen. Anschließend besuchten wir ein mehr oder weniger gutes Lokal und tranken Kaffee, und es verging keine Viertelstunde, und meine Mutter und Tante Anna konnten sich wegen irgendeines Erlebnisses aus ihrer Jugend kaum noch halten vor Lachen. Meine Tante hatte so schöne Zähne, ganz ohne Füllungen, eine Seltenheit in unserer Familie. Als wir aufbrachen, kam mein Bruder zu mir und sagte: »Lise ist mit einem anderen durchgebrannt. Ich wohne jetzt in einem Zimmer in der Larslejstræde.« Er sagte es, als ließe es ihn völlig kalt, und ich glaube, so war es auch. »Erzähl es nicht unseren Alten«, bat er. Ich versprach es ihm. Draußen wartete mein Mechaniker auf seinem roten Motorrad, und ich setzte mich auf den Sozius, ohne mich von irgendwem zu verabschieden, denn wenn meine Mutter Tante Anna bei sich hatte, vergaß sie alles um sich herum.

Jetzt kam meine Tante öfter zu uns, weshalb meine Mutter gnädiger gestimmt war und mir mehr Freiheiten erlaubte. Sie verlor das Interesse daran, mich aus meinen nächtlichen

Umarmungen heraufzubeordern. Mein Mechaniker hieß Kurt, und ich begann seine Eltern zu besuchen, die sehr freundlich zu mir waren. Bei ihm tauschten wir auch die Ringe und waren nun also richtig verlobt, und es wurde allmählich peinlich, dass ich ihn nie zu mir nach Hause einlud. Ich wusste nicht, was ich machen sollte. Meine Mutter hatte nie gewollt, dass wir irgendeine Verbindung zum Rest der Welt knüpften. Sie hatte nie gewollt, dass wir erwachsen wurden. Vor allem aber wollte sie nicht, dass wir uns mit einem Vertreter des anderen Geschlechts zusammentaten. Vielleicht hatte sie nie Kinder gewollt, und vielleicht war ihr in ihrem ganzen Leben noch nie etwas widerfahren, was sie wirklich gewollt hatte. Etwas so Merkwürdiges konnte ich Kurt nicht erklären. Wenn es möglich gewesen wäre, ohne das Wissen meiner Mutter mit Tante Anna zu sprechen, hätte ich sie bitten können, meine Mutter zur Vernunft zu bringen. Meine Tante war kinderlos und mochte meinen Bruder und mich sehr. Doch meine Mutter hatte dafür gesorgt, dass wir keinen direkten Kontakt zu ihr hatten. Als Kindern war es uns wegen ihres versoffenen Mannes verboten gewesen, sie zu besuchen. Ich wusste nicht mal genau, wo sie wohnte.

Während ich über dieses Problem nachgrübelte, holte meine Mutter mich eines Tages von der Arbeit ab. Ich sah ihrem Gesicht an, dass etwas Furchtbares passiert war. Auf dem Heimweg erzählte sie mir, jetzt sei auch meine Tante ins Krankenhaus gekommen. Sie hatte Blutungen, und ich konnte den Andeutungen meiner Mutter entnehmen, dass sie über dieses Alter eigentlich hinaus war. »Es ist natürlich Krebs«, sagte meine Mutter mit zitternder Stimme, »wenn sie stirbt, habe ich nichts mehr zu leben.« An der Ecke von der Valdemarsgade zum Enghavevej saß Kurt auf seinem Motorrad und ließ den Motor dramatisch aufheulen. Dort stand er immer und wartete auf mich. Ich schüttelte den Kopf zum Zeichen, dass er sich nicht zu erkennen geben sollte, und war schrecklich wütend auf meine Mutter, die sich mit ihrem ganzen Gewicht auf meinen Arm stützte, als wäre sie plötzlich eine Greisin und würde umfallen, wenn ich sie losließ. Ich war auch auf mich selbst wütend, weil ich einen Kopf größer war als sie. Auf meine ganze Kindheit war ich wütend. Es schien, als würde sie niemals enden, und meine Schritte waren steif und unbeholfen, als wir an meinem Verlobten vorbeigingen, dessen rotes Motorrad und blanke Lederjacke in der Sonne glänzten. Der Verlobungsring, den er auf Raten gekauft hatte, lag in meiner Umhängetasche. Ich hatte nicht den Mut gehabt, ihn zu Hause zu zeigen.

Als wollten die Unglücke kein Ende nehmen, wurde einige Zeit, nachdem meine Tante ins Krankenhaus gekommen war, mein Vater arbeitslos. Meine Mutter hatte inzwischen erfahren, dass die Frau meines Bruders durchgebrannt war, und jetzt schien sie unsere ganze Zukunft darauf aufzubauen, dass er wieder zu Hause einzog. Ich hörte nur mit halbem Ohr hin, als sie ihren Plan schmiedete und mich bat, ihn zu überreden. Ich war immer auf dem Sprung, Kurt zu besuchen, bei dem zu Hause alles glücklich und normal war. Gleichzeitig hatte ich aber auch einige Gedichte an eine Zeitschrift geschickt, weil ich nicht vorhatte, für den Rest meines Lebens Blechdosen zu verpacken. Ich hatte das Gefühl, ich könnte nicht länger zwei Leben führen, und hegte tief in meinem Herzen erste Zweifel daran, ob ein Mechaniker der passende Ehemann für eine Dichterin war. Jedenfalls verspürte ich noch weniger den

Drang, ihn zu mir nach Hause einzuladen. Noch dazu erschien das noch undenkbarer als zuvor, denn jetzt saß mein Vater immer auf meinem alten Sofa und las in einem alten Lexikon, und ich hatte mein Zimmer nur nachts für mich. Wir konnten es uns nicht leisten, mehr als ein Zimmer zu heizen, und mussten trotzdem oft unsere Jacken tragen, damit uns halbwegs warm war. Die Arbeitslosenhilfe meines Vaters und mein Wochenlohn von zwanzig Kronen konnte gerade einmal die schlimmste Not lindern. Schon in wenigen Monaten würde ich achtzehn Jahre alt werden, und mir wurde zunehmend klar, dass die Rückkehr meines Bruders auch für mich die einzige Rettung wäre. Doch er besuchte uns nie, und wenn ich an unseren Plan dachte, tat er mir sehr leid. Das war allerdings auch das einzige anständige Gefühl, das ich mir inmitten der Kälte bewahrt hatte, die ich in dieser Zeit bewusst gegenüber meiner Familie aufbaute. Deshalb zögerte ich meinen Besuch in seinem Zimmer immer wieder hinaus.

Meine Tante wurde operiert, und im Krankenhaus erzählte man ihr, sie werde bald gesund, doch bis sie wieder zu Kräften komme, müsse jemand für sie sorgen und sie pflegen. Ob sie Familienangehörige habe, bei denen sie wohnen könne? Meine Mutter war entzückt darüber, Tante Anna bei uns aufzunehmen, und sie wurde im Bett meines Vaters platziert. Er musste auf dem krummen Sofa im eiskalten Wohnzimmer schlafen, und ehe ich mich daran gewöhnt hatte, wurde ich ständig von seinem Schnarchen wach, das durch den dünnen Vorhang drang. Jetzt gab es ein hungriges Maul mehr zu stopfen, was jedoch, wie sich herausstellte, nichts zu bedeuten hatte, da meine Tante im Grunde außerstande war, etwas zu essen. Meine Mutter verbrachte jede freie Minute am Bett ihrer Schwester, und anfangs drang ihr vertrautes Kichern und Geplauder ununterbrochen aus dem Schlafzimmer. Mein Vater nahm seine alte Gewohnheit wieder auf, nach dem Essen ein paar Stunden zu schlafen, da er nun nicht mehr von den vorwurfsvollen Blicken meiner Mutter dazu genötigt war, stundenlang in seinem alten Lexikon zu blättern. Ich konnte gehen, wohin ich wollte. Aber ich ging nirgends hin, denn ich hatte Antwort von der Zeitschrift erhalten. Man wollte zwei meiner Gedichte drucken, die der Herausgeber »außerordentlich vielversprechend« fand. Diese Nachricht änderte wie durch Zauberhand mein gesamtes Wesen, meinen Blick auf das Leben. Mir fiel auf, dass alles, was ich an Kurt geliebt hatte, in den glamourösen, literarischen Kreisen, in denen ich mich bald bewegen würde, nicht gut ankäme. Innerhalb weniger Tage schob ich meine Liebe zu ihm von mir, ließ mich vom Herausgeber der Zeitschrift zum Mittagessen einladen und nahm – benebelt von meinem frisch erwachten Größenwahn – meine Kündigung in der Blechdosenfirma entgegen, wo mich der Direktor dabei erwischt hatte, wie ich gerade ein Gedicht auf braunes Packpapier schrieb. Ich eilte zum Herausgeber, einem dieser unverheirateten Herren mittleren Alters, die sich gern mit jungen Menschen umgeben. Er tröstete mich damit, dass ich durchaus vom Schreiben leben könne, und solle es trotzdem einmal knapp werden, habe er es schon immer als seine Mission angesehen, die Kunst zu fördern.

All das konnte ich unmöglich zu Hause erzählen. Meinem Vater war es gelungen, vorübergehend Arbeit zu finden, und er blieb neuerdings abends weg. Wahrscheinlich ging er in die Kneipe, denn in der Welt meiner Mutter war er ziemlich überflüssig. Auf diese Weise hatte ich mein Zimmer endlich für mich und las bis spät in die Nacht Bücher und schrieb Gedichte. Tagsüber hielt ich mich im Lesesaal der Bibliothek auf, damit meine Mutter glaubte, ich wäre bei der Arbeit, und das Geld aus dem Verkauf meiner Gedichte versteckte ich in meinem abschließbaren, mit Perlmutt ausgekleideten Nähkästchen, dem Gesellenstück meines Bruders, das er mir zur Konfirmation geschenkt hatte, ein entzückendes kleines Ding. Wenn man den Deckel öffnete, spielte es: Kämpf für alles, was dir lieb –. Oder jedenfalls sang ich diese Worte innerlich zu der zarten Melodie.

Eines Abends klingelte es an der Tür, und draußen stand Kurt in seiner engen Lederjacke mit dem Helm auf dem Kopf und verlangte in ziemlich groben Wendungen nach einem Gespräch mit mir. Als ich ihn verwirrt hereinließ, öffnete meine Mutter die Schlafzimmertür und rief: »Hol schnell den Arzt. Sie hat starke Schmerzen, er muss sofort kommen! Wer ist das denn?«

Ohne ihr zu antworten, schob ich Kurt wieder zur Tür hinaus, erzählte ihm knapp von meiner kranken Tante und bat ihn, mich zum Arzt zu fahren. Er brauste in einer halsbrecherischen Geschwindigkeit los, was mich nicht mehr beeindruckte. Während der Fahrt brüllte er, dass es ihm jetzt reiche und er alle Mädchen haben könne, die er wolle. Ich weiß nicht, ob ich überhaupt etwas erwiderte, doch vor dem Hauseingang des Arztes hielt er mir seine gespreizte rechte Hand vor die Nase, damit ich sehen konnte, dass er seinen Ring abgelegt hatte. Ich fand ihn nur lächerlich und dachte an meinen Herausgeber, der etwas von Kunst verstand und die Mittel besaß, sie zu fördern. Ich hatte aber keine Lust, Kurt das zu erklären. Ich wollte ihn einfach nur loswerden. Aus irgendeinem Grund ging er mit hinauf zum Arzt, der meine Tante schon vorher behandelt hatte. »Ach Gott«, sagte der Arzt, als ich mein Anliegen vorbrachte, »jaja, wahrscheinlich dauert es nicht mehr lange.« Da verstand ich zum ersten Mal, dass meine Tante sterben würde. Ob sie das wusste? Ob meine Mutter es wusste? Kurt fuhr mich wieder nach Hause, und ich bat ihn, draußen zu warten, während ich hineinging und meinen Verlobungsring holte. Er nahm ihn zögernd entgegen, und ich bemerkte eine Trauer in seinem Gesicht, die mich nichts anging. Ich sah ihn nie wieder und vergaß ihn bald.

Jetzt verebbte die Munterkeit meiner Tante, und meine Mutter wurde es leid, bei ihr zu sitzen. Wenn ich zu Hause war, bat sie mich eindringlich, ihren Platz einzunehmen. Das Fenster des Schlafzimmers ging auf einen geschlossenen Hof hinaus, auf dessen Fahrradschuppendächern nachts die Katzen saßen und ihr Liebesgejaul anstimmten. Auch die Hintertür des Cafés führte auf den Hof, und auf diesem Weg wurden die volltrunkenen Gäste hinausbefördert. Wenn man das Fenster öffnete, drang ein Gestank von Erbrochenem und Katzendreck zu meiner Tante herein, doch er war nicht so schlimm wie der Verwesungsgeruch, der sich um ihr Bett herum ausbreitete. Ich glaube, sie selbst bemerkte es nicht. Sie sah fürchterlich aus. Ihr leuchtend rotes Zahnfleisch war immer entblößt, selbst wenn sie schlief, und die gelben knochigen Finger tasteten unablässig über die Bettdecke, als würde sie nach einem bestimmten Gegenstand suchen. Zweimal am Tag kam eine Krankenschwester und gab ihr eine Morphiumspritze. Kurz darauf begann sie zu flüstern, ohne den Kopf zu bewegen, und als würde sie mich mit meiner Mutter verwechseln. Ich musste mich ganz tief zu ihr herabbeugen, um zu hören, was sie sagte. Der widerwärtige

Gestank raubte mir fast den Atem. Sie erzählte von den Kleidern, die sie für die Puppen meiner Mutter genäht hatte, und von ihren Erlebnissen als junge Mädchen. Wenn sie lachen wollte, endete es in einem heftigen Hustenanfall. »Erinnerst du dich noch, wie du den Friseur im Kleiderschrank versteckt hast?«, flüsterte sie. »Er wäre darin erstickt, wenn Niels nicht so schnell wieder gegangen wäre.« Niels war mein Vater. Ich lachte, weil ich in dieser Zeit ohnehin viel lachte. Dann merkte meine Tante, dass ich die falsche Zuhörerin war, und flüsterte schnell etwas von all den Kleidern, die sie für mich genäht hatte, als ich ein kleines Mädchen war.

In meinem Zimmer saß meine Mutter und schluchzte in ihre Schürze.

»Wie lange soll das nur weitergehen?«, fragte sie. »Gnade uns Gott, wenn sie nicht bald erlöst wird.«

Ich hätte sie vielleicht getröstet, wenn sie sich weniger schwülstig ausgedrückt hätte. Ich fand, es verlieh ihrer Trauer einen unechten Schein. In meinem nörgeligen Zustand und Alter fand ich es außerdem unnatürlich, eine so enge Beziehung zur Schwester zu pflegen, wenn man auch Mann und Kinder hatte.

Einige Zeit darauf wurde mein Vater erneut arbeitslos, und meine Mutter kratzte die Margarine hauchdünn aufs Brot und gab uns dreimal in der Woche Grütze zu essen. Es war ein schrecklich kalter Winter, und meine Tante weigerte sich noch immer zu sterben. Sie glaubten, ich würde nach wie vor Blechdosen verpacken, denn dank dem Herausgeber konnte ich wöchentlich meine zwanzig Kronen zu Hause entrichten.

Einen Monat vor meinem achtzehnten Geburtstag gab ich mir einen Ruck und besuchte meinen Bruder in der Larslejstræde. Die Wirtin sah mich misstrauisch an, als ich darum bat, meinen Bruder zu sprechen. Das sagen sie alle, bemerkte sie säuerlich und ließ mich zu ihm. Er stand mitten in einem fast leeren Zimmer und war gerade damit beschäftigt, einen Stuhl zusammenzuleimen. Bei seinem Anblick überkam mich eine plötzliche Woge von Zärtlichkeit. Er schien auch froh zu sein, mich zu sehen, und wir setzten uns beide auf sein ungemachtes Bett.

»Vater ist arbeitslos«, sagte ich, »und Tante Anna liegt im Sterben, und sie haben nichts mehr zum Leben.«

»Ich verstehe nicht, was das mit mir zu tun haben soll«, erwiderte er trotzig. »Es war ihre Schuld, dass es damals zwischen Gunhild und mir in die Brüche gegangen ist. Nie konnte ich ein Mädchen zu mir nach Hause einladen, ohne dass unsere Mutter ausgeflippt ist. Hier haben wir wenigstens unsere Ruhe.«

»Hast du eine Neue?«, fragte ich erschrocken. Diese Möglichkeit hatte ich nicht in Betracht gezogen, obwohl er einundzwanzig Jahre alt und ein sehr gut aussehender junger Mann war.

»Ja«, sagte er mit fester Stimme. »Und ich habe vor, sie nicht zu verlieren.«

Da brach ich zu meinem eigenen Erstaunen in Tränen aus. Das hatte er noch nie gesehen. Wir hatten unsere Gefühle nie gezeigt, das konnte zu Hause niemand gebrauchen. Er legte mir den Arm um die Schulter, auch das zum ersten Mal in unserem Leben. Dann brach alles aus mir heraus, die aufgehobene Verlobung, dass ich keine Blechdosen mehr verpackte, die Gedichte und meine Zukunftspläne und der Herausgeber, der wahrscheinlich in mich verliebt war und die Macht hatte, mich im Leben voranzubringen. Und all das, erklärte ich ihm, lasse sich nur bewerkstelligen, wenn er wieder bei uns einziehe. Wenn nicht einer von uns sie finanziell unterstütze, würden sie frieren und hungern. Er könne doch wenigstens für eine gewisse Zeit zurückkommen, bat ich herzlos, um ihnen den Übergang zu erleichtern, nachdem ich ausgezogen war.

Er erhob sich schweigend und begann in dem kleinen Zimmer auf- und abzugehen.

»Verdienst du denn nichts mit deiner – Schreiberei?«, fragte er verlegen.

»Nichts Nennenswertes«, antwortete ich, »aber das wird schon noch. Und dann werde ich ihnen helfen.«

Ein melancholisches Lächeln tauchte in seinen braunen Augen auf.

»Jaja«, sagte er mit einem Seufzer, »dann mache ich es. Aber hör auf zu heulen. Das ist nicht zu ertragen. Du wirst bestimmt berühmt. Dieser Herausgeber wird dich noch heiraten, warte nur ab.«

Ich sah ihn nicht an, als ich mich verabschiedete. Ich fragte nicht, mit wem er sich verlobt hatte. Ich wusste, dass er sie nie zu uns nach Hause einladen könnte. Diese Familie eignete sich nicht dazu, neue Mitglieder aufzunehmen.

Drei Tage nach dem Tod meiner Tante zog ich in ein Zimmer zur Untermiete. Meine Mutter war zu sehr am Boden zerstört, um es wirklich zu verstehen. Ich nutzte ihren Zustand aus, um ihr zu erzählen, dass ich bald heiraten würde. Da sagte sie etwas Merkwürdiges. »Es ist egal, wen man heiratet.« Ich habe nie verstanden, was sie damit meinte.

Mein Bruder hielt sein Versprechen und zog nach Hause in das Zimmer hinter dem Cretonne-Vorhang, und ich vergaß sie alle miteinander, vergaß mein Zuhause vollkommen und lebte mein eigenes Leben.

Doch manchmal – wenn mich jemand verlassen hat oder ich in den Augen meiner Kinder einen Anflug kühler Beobachtung entdecke, einen gnadenlosen, unüberwindbaren Abstand, hole ich das hübsche kleine Nähkästchen meines Bruders hervor und öffne langsam den mit Perlmutt ausgekleideten Deckel. Kämpf für alles, was dir lieb, klimpert die mitgenommene alte Spieluhr, und eine namenlose Trauer steigt in meiner Seele auf, denn sie sind alle tot oder verschwunden, und zwischen mir und meinem Bruder gibt es keine Sprache mehr.